ハヤカワ文庫JA
〈JA896〉

からくりアンモラル

森 奈津子

早川書房
6110

KARAKURI UNMORAL

by

Natsuko Mori

2004

Cover Direction & Design 岩郷重力＋WONDER WORKZ。
Cover Illustration タカノ綾

目次

からくりアンモラル

からくりアンモラル

この国の首都に、美しい姉妹が両親と共に暮らしていた。姉の名は秋月《しゅうげつ》、妹の名は春菜《はるな》。どちらも愛らしく聡明な子供であったが、おつむの使い方は正反対だった。すなわち、妹の春菜が優等生的なお利口さんであったのに対し、姉の秋月は悪知恵が働くひたすら小悪魔的な少女だったのだ。

秋月が十二歳、春菜が十歳になった年のクリスマス、両親は二人がそれぞれ望んだプレゼントを用意した。秋月には愛らしい長毛のチワワの仔を、春菜には家庭用ロボットを。

それは、さほど遠くはない未来の話である。

＊

「メアリー・ベル！」

名を呼ぶと、雌の仔犬は転がるように駆けてきた。

「メアリー・ベル！　メアリー・ベル！」

波打つ髪をなびかせ、秋月は犬を呼びながら家中を走りまわった。

高層マンションの窓からは、街が見渡せる。一家は地上から三百メートルの空間に暮らしていた。

リビングルーム、自分の部屋、両親の寝室、父の書斎、キッチン、洗面所……。犬は喜びに息をはずませ跳びはねながら、主人を追う。

仔犬の名は、十一歳の殺人鬼からもらった。一九六八年のイングランドで、メアリー・ベルなるその少女は二人の男児を殺し、一人の腹に「M」と刻んだのだ。

もちろん、そんな猟奇《りょうき》的事件を秋月の家族は知らない。秋月は調子に乗って、何度も何度も犬の名を呼んだ。

最後に、秋月とメアリーは春菜の部屋に転がり込んだ。ノックなどしない。突風のように乱入し、部屋を駆けまわる。

春菜は床の上に座り、ロボットの相手をしているところだった。肩のところで切りそろえたサラサラの髪が、金属のロボット同様、作り物めいて美しい。

姉の奇行に慣れっこの春菜は、驚いたりはしなかった。が、赤ん坊同然の知能にプログラムされている銀色のロボットは、おびえて春菜にすがった。ノイズの混じった声で、泣きべそをかく。

「おお、よしよし。大丈夫よ、ヨハネ。泣かないの」

春菜はロボットの名をキリストにかわいがられた弟子からとった。

そんな春菜を、秋月は内心ひどく馬鹿にしていた。

春菜のすべての行動がよい子と思われたいがためのポーズであったならば、まだ、一目置いてやってもよかったのだ。が、実際には、春菜の優等生的言動は単なる本心に由来するものでしかない。秋月からすれば「なんて面白みのない子！」というわけだ。

そのうえ、ヨハネがまた愚鈍《ぐどん》なポンコツで、春菜には実によくお似合いなのだ。

おそらく、人間に好感を持たれるように設計されたのだろう。つるりとした顔に丸い目、そして微笑みの形をした口もひどく間が抜けている。

つまり、銀色のボディに単純な目鼻口をつけた「いかにも」なロボットなのだ。それこそ大昔のSF漫画に出てくるような。

ヨハネは秋月ほども背丈がありながら言葉も喋《しゃべ》れず、床をハイハイしている。ロボットに言葉を教え、しつけをし、成長を見守ることを楽しむ人々のために開発された機種なのだ。

「メアリー！　こっち、こっち！」

はしゃぎながら、秋月は犬と共に春菜とヨハネのまわりをグルグル回った。ロボットがおびえる様が面白くてたまらなかったのだ。

しかし、やがてはそれにも飽きてきた。走るのにも疲れた。

秋月は春菜と同じように床に座ると、メアリーをヒョイと抱き、膝《ひざ》に乗せた。

「ロボットはどう？　成長してる？」

「ええ、少しは」

大人びた口調で言い、春菜はヨハネの頭を撫で、彼に話しかけた。

「ほら、秋月お姉ちゃんよ。『こんにちは』は？」

ヨハネははにかみ屋の子供のように、おずおずと顔を上げると、合金の指で春菜のスカートをギュッとつかんだまま秋月を見つめ、声を発した。

「お……あー」

ノイズの入ったその声は、あまり人間らしい声だとユーザーが気持ち悪がるだろうという、メーカーの配慮ゆえなのだろう。

「『こんにちは』でしょ？」

「おんっいっ……あー」

ロボットの不完全な言語能力に、秋月は笑い出した。

「全然、成長してないじゃない！」

「長い目で見守ってあげなくちゃ。焦りは禁物よ」

ものわかりのいい若い母親のように言って、春菜はふたたびヨハネの頭を撫でた。ロボットは甘えて春菜の膝に顔をうずめる。

「おお、よしよし。ヨハネはいい子ね」

母親役は、十歳の少女。一方、息子役である六頭身のロボットは、母親の背丈を上まわっている。

このグロテスクなお人形さんごっこに、秋月は思わずゾッとした。そして、自然にふるまいながらも自分を戦慄《せんりつ》させた妹を、ちょっと尊敬したのだった。

＊

メアリー・ベルは自分の名に反応するようになった。呼べば大きな目をクリクリさせて、ちぎれんばかりに尻尾を振りながら駆けてくる。

しばらくは、秋月もメアリーをベタベタと撫でまくり、狂ったようにかわいがった。が、気まぐれな彼女は冬休みが終わる頃には、すっかり仔犬に飽きてしまったのだった。

そうなると、跳ねるようにじゃれついてくるその様も、うっとうしくてたまらない。以前は愛らしいと思えた人なつっこさが、卑屈な媚《こび》に見えてきたのだ。

そんなとき、秋月はじゃれついてくるメアリーを「わっ！」とおどかしてみた。たちまち仔犬はフワフワとした尻尾を後肢の間に隠し、秋月を見あげおろおろと後ずさった。

をおどかした。

あからさまにおびえる様子が面白く、その後も秋月は何度も不意打ちのようにメアリー

やがて、メアリーは秋月の姿を認めると逃げるようになってしまった。当然だろう。

それでも、犬の世話は秋月の義務であることに変わりはなかった。なついてない犬のエサやりやトイレ掃除は、少しも楽しいものではない。

しかし、サボろうものなら、母親の叱責《しっせき》が飛んでくる。

「秋月がちゃんと世話をするって言うから、買ってあげたのよ。約束が守れないなら、もうなにも買ってあげないから」

公正で厳格な母親は、一度「なにも買ってあげない」と宣言すれば未来永劫それを守るであろう。秋月はしかたなしに、メアリーの世話を続けた。

「秋月がいじめたりするから、メアリーはいやがるようになったのよ」

厳しい口調で言う母親に、秋月は口ごたえした。

「いじめたわけじゃないわ。ふざけただけよ」

「じゃあ、あなたは家の中で、私に何度も何度もわけもなく怒鳴られても、私が『ふざけただけ』って言えば、許せるの？」

そう言われてしまうと、さすがの秋月も口をつぐむしかなかった。

メアリー・ベルは、両親と春菜にはなついている。秋月は自分がのけ者にされたような

腹立たしさを感じた。

一方、ヨハネはつかまり立ちから歩行をマスターしつつあった。

リビングルームで春菜はよちよち歩きのロボットに優しく声をかけている。

「そうよ。その調子。あんよは上手、転ぶはお下手」

昔、そっくり同じ言葉を母親が歩きはじめた春菜にかけていたのを、秋月は覚えている。

目の前の光景は、滑稽《こっけい》なパロディのように思えた。

メアリー・ベルが駆け寄ってくると、春菜はヨハネに言った。

「ほら、ヨハネ。メアリーが来たわよ。『いい子いい子』してあげて」

メアリーはおとなしくロボットに頭を撫でられている。ヨハネのほうも、愛らしい犬を前に、幼児的な笑い声を立てる。

秋月としてはますます面白くない。

優しくしてあげようとしても逃げてしまうメアリーも腹立たしいが、人間を模倣してペットをかわいがるヨハネも憎らしいことこのうえなかった。

＊

午前中、学校のトイレの個室で秋月は震えていた。

膝まで下ろした下着には、鮮やかな赤色がへばりついていた。

すべきことは、わかっている。

保健室に行き、初潮を迎えたことを校医に告げ、下着と生理用品をもらうのだ。おそらく、校医は秋月に早退を勧めるだろう。

それだけのことが、秋月には屈辱的に思えてならない。

朝は学年で一番気取り屋の女の子のスカートをめくり、怒ったその子に追いかけられ、派手に学校中を逃げまわった。午後の体育の授業では、いつもマラソンで一位を争っている乙彦《おとひこ》と決着をつけるつもりでいた。

早退すれば、クラスの子たちはいぶかしむだろう。その理由を覚《さと》る者も多いだろう。体の変化に、なぜ、ここまでうしろめたさを感じなくてはならないのか——その理由は、わかっていた。自分が男たちの欲望の対象となる体に変わりつつあるからだ。そんなことは、全然望んでないのに！

四年生のとき、地下鉄の中で知らない中年男性に体をさわられた。

秋月は恐怖のあまり、抗議することも抵抗することもできなかった。

学校では勉強ができ、運動神経もよく、美術や音楽でも優秀な成績をおさめている自分が、性ゆえに見知らぬ男に侮辱されたというのに抗議すらできなかった……。

下腹部に鈍い痛みがある。悲しみがこみあげてきて、喉がかすかに鳴った。涙があふれ出る。

強く美しい子供でありたかった。なのに、今の自分はとても無様だ。孤独をかかえ、学校のトイレなんかで泣いている。

これからも自分は、毎月毎月、血を見なくてはならないのだ。実力を発揮できない日が毎月巡ってくるなんて、不公平すぎる。

今日の体育の授業では、今まで互角だった乙彦に勝てる自信があった。単純バカの彼のことだから、ひょっとしたら「秋月は勝負を前に逃げた」ぐらいのことは言うかもしれない。それでも、奴に初潮を迎えてすごすご帰ったことを知られるよりは、ましだった。

この個室から出よう。そのまま、堂々と保健室に向かうのだ。

そう思うのに、秋月はなかなか立つことができなかった。

＊

血は五日ほどで涸れた。

生まれて初めて自分の脚の間の器官を確認しようと思い立った秋月は、入浴後、自室のベッドの上でそこを鏡に映してみた。

うっすらと生えた恥毛の奥に紫がかった襞《ひだ》が見えた。自分の体にこんなに生々しい部分があったことを知り、少しばかり衝撃を受けた。

緊張にこわばる指先で、そこをゆっくりと広げてみた。今度は美しい紅色が現われた。

まるで傷口だ。

そうだ。自分は傷を負ったのだ。そうして、毎月、傷口から血を流す。

そっと内側に触れてみた。くすぐったさの中から、心地よさが生まれる。不思議な感覚だ。

快感は衝動を生み出す。そこに触れたくてたまらない。これが性的な欲望なのだろうか。

秋月は鏡を投げ出し、その衝動に従った。

さわっていると、次第にそこは熱を帯びてきた。興奮に頬が紅潮してくるのもわかった。手前のほうに、ツンと芽吹いている小さな器官がある。そこに触れたとたん、脳にまで響く鋭い快感が走った。

自分でコントロールできないなにかが生まれつつあった。

野生の獣のようなもの。それが、女の傷口の奥で息をひそめている。

目を閉じた。指でそこに刺激を与えながら、ベッドに倒れ込む。

やめられなかった。おそらく獣を解放するまで、やめられないのだ。

そのときふいに、地下鉄で体をさわられたときのことを思い出した。

端の座席に座っていた男の手は、立っていた秋月の太股《ふともも》をまさぐった。ごつごつした手はそのまま、スカートの中に潜り込もうとする。身をよじらせると、男の手は尻へと移動した。スカートの上から、太股の間を撫でようとうごめく。

こんなときに、なぜ、不快なあの体験が甦《よみがえ》るのか。思い出しても恐ろしく、腹が立つのに。

秋月は覚った。性的な経験というと、自分にはそれしかないのだ。

快感に背を押されるように、身をのけぞらせた。必死で声を殺す。

ビクン、と全身が震え、目一杯背をそらせた姿勢で固まる。

ズキン……ズキン……ズキン……。

鼓動が頭に響く。足の指先がキュッと丸まる。

そのときもまだ、秋月の頭には地下鉄の男の指の動きがこびりついていた。

フワッと体が軽くなるような感覚があった。獣が放たれたのだ。あとには、快感の余韻を味わう体が残された。

ぐったりと目を閉じ、秋月は思った。あんな男のことなど、忘れたい。忘れなくてはならない。

新しい経験で、不快な体験を塗りつぶすのだ。

＊

ヨハネは緑色をした丸い目で秋月を見つめ、言った。

「珍しいですね。秋月さんがぼくに声をかけてくださるなんて」

嫌味な奴! と、一瞬不快に感じてから、秋月は気づいた。いつの間にか、こいつは高度な言語能力を習得していたのだ!

ヒヤリとする。こいつを侮ってはいけない。

「でも、ぼくはとてもうれしい」

どうやらそう悪い性格に成長してはいないようだ。内心ほくそ笑みながら、秋月はヨハネに訊く。

「どうして、あたしのことが気になっていたの?」

「家族だからです」

おまえが家族であるものか。

どす黒い悪意を隠し、秋月は優しく言う。

「いいえ。あたしが女で、おまえが男だからだわ」

「あなたが女で、ぼくが男だから……」

ヨハネは必死でその意味を考えているようだ。

秋月は吹き出しそうになった。

こんなポンコツが男であるものか。そもそも、こいつの体には性なんてものはないじゃないか。こんなツルンとした股間《こかん》を晒《さら》して、なにが「ぼく」だ。

こんな奴を男児として育てている春菜のおめでたさも相当なものだ。まだ自分の血を見てない子供が子育てごっこをしているだけだ。

それは、奇妙ないらだちだった。その感情が幸福な幼年期への憧憬《しょうけい》に由来するものだとは、秋月自身にもわかっていなかった。わからないままに、秋月は思った――このポンコツ、ますます教育し甲斐があるというものだわ。

「ねえ、ヨハネ、これを見て」

秋月は、一冊の本を見せた。表紙では、すんなりとした美しい体の少年と少女が下着姿で寄り添い、その上に『若い人たちのための愛のマニュアル』とタイトルが掲げられていた。それは、十代の若者を対象としたセックス指南書だった。

「おまえももう、子供ではないわ。そろそろ大人の男になる心の準備をするべきよ。この本は、おまえにピッタリ。読んでごらんなさい」

「はい」

ヨハネは素直に本を受け取り、パラパラとページをめくった。見開き二ページに費やす時間は、ほんの一、二秒だった。

最後までページをめくり、本を閉じると、彼はあっさりと言った。

「ぼくはたくさんのことを学びました」

その声音には、性というものに初めて接した動揺や戸惑いの響きはなかった。やはり機械だ。

「じゃあ、今度は本物の女性器、見せてあげる」

秋月はショーツを脱ぐと、ベッドに座り、スカートをめくった。本に載っているのはその部分のイラストだけで、写真はない。

ヨハネはなんの遠慮もなく、スカートの中をのぞき込んだ。

秋月は笑いをかみ殺した。馬鹿だ、こいつは。

やがて、ヨハネは顔を上げると、器用にもため息をついて感想を述べた。

「やはり、神の創造物は美しいものですね」

秋月は吹き出した。しかし、それは思わず洩れた嗚咽《おえつ》のように響き、笑い出すことはできなかった。

実際、秋月の胸は複雑な感情に締めつけられていたのだ。しかし、その感情の正体が切なさだとは、彼女にはわからなかった。

「さわって」

「あなたの女性器を、ですか？」

その直截《ちょくせつ》的な表現をたしなめてやりたい衝動を抑え、秋月はうなずいた。

ヨハネはそろそろと手を伸ばしてきた。

触れられた瞬間、秋月はビクッとした。それが弱さの証明のように思え、秋月はひそかに自嘲した。

ヨハネの指は冷たかったが、すぐに秋月の体温が移った。

自慰とくらべるとヨハネの愛撫は不器用で、ただその部分にぼんやりとした快感が広がるだけだった。それでも、秋月はいつしか目を閉じ、その感覚を味わっていた。今は亡き祖母に頭を撫でてもらった思い出が、甦った。

あれは、いつだったのか。古い木造家屋の座敷で、祖母は膝枕《ひざまくら》をしてくれたうえ、秋月がうたた寝を始めるまで優しく頭を撫でてくれたのだった。

その部分は、濡れはしなかった。ヨハネの指を迎え入れることもなかった。

ヨハネもまた、それ以上の行為を無礼と感じたか、あるいは秋月の体をいたわってか、ただただ指先でさざ波のような愛撫を繰り返すだけだった。

＊

休み時間、乙彦がニヤニヤしながら近づいてきた。いやな予感がしたが、秋月は無表情を保った。

「なあ。おまえさ、最近、何度か体育を休んだだろ。もしかしたらさ、あれ、生理？」

わざわざ必要以上に声を張りあげて訊く。性的な事柄に物怖《ものお》じしない奴だとまわりに思われたいという、子供っぽい自己顕示欲ゆえだろう。

愚かなお子様――そう思いながら、秋月は訊き返した。

「そう言う坊やは、もう、大事なところが剝《む》けてるのかしら？　それとも、まだなのかしら？」

あからさまに戸惑いを見せた乙彦のにきび面を数秒の間にらみつけてから、秋月は静かにそこを立ち去った。逃げるのではない。見逃してやったのだ。

ヨハネとの秘めやかな経験を経て自分がまた威厳を取り戻したことを、秋月は自覚した。秋月にとっては痛みの象徴でしかなかった女性器を、ヨハネは賞賛した。神の創造物は美しい、と。

ヨハネは男だ。しかし、性器を持たない。

彼の指遣いは優しかった。けれども、秋月のそこは濡れることはなかった。あの行為がもたらしたのは、おだやかな波に揺られる小舟の上でまどろんでいるような、そんな安らぎだった。

興奮を伴わない、静謐《せいひつ》な触れあい。ヨハネと自分は、それを経験した。

その日、帰宅すると、机の上に空き缶を細工したとおぼしき花があった。ジュース缶の表面に施された派手なプリントはそのままだが、形は精巧だ。それは水仙だった。

ヨハネの作だとすぐにわかった。家族には手先が器用な者はいない。

秋月は春菜の部屋に行った。案の定、ヨハネもそこにいた。

メアリー・ベルは秋月の姿を見ると、あわてて春菜の膝に跳び乗った。

春菜はヨハネ相手に折り紙をしているところだった。それぞれが机の上に作品を並べていたが、明らかにヨハネのほうがうまかった。

いつの間にか、彼は主人を追い抜いていたのだ。しかし、春菜はそれに気づいていない。今でもヨハネを子供扱いしているのが、その証拠だ。

「上手になったわね、二人とも」

珍しく優しい言葉が口をついて出た。しかし、それは演技だからこそできたのだと秋月自身は信じた。自分はヨハネが芸術家であることを知っているが、それを春菜には隠そうとしている。

その夜、春菜が入浴している間に、秋月はヨハネを自室に呼んだ。

「この花は、おまえが作ったのね？」

「はい。あなたへのプレゼントです。ぼくが読んだ小説では、主人公の男性は恋人に花をプレゼントしていました。ぼくも、あなたに花をプレゼントしたかった。けれども、ぼくは花を買うことはできないので、自分で作りました」

「ありがとう。あたしたち、恋人同士みたいね」

おめでたいヨハネをかつぐつもりで言ったその言葉は、秋月の胸を突き刺した。しかし、あまりにもなじみのない感情だったため、それが罪悪感だということに、彼女は気づかない。

「ねえ。また、あたしを気持ちよくして」

秋月はヨハネをベッドに導いた。

機械の指が、彼女のスカートの下に潜り込み、ショーツを脱がせる。ひんやりとした合金の感触に、秋月は思わず肌を粟立《あわだ》たせた。ゆっくりと、ベッドに身を横たえる。

やがて、ヨハネの指に秋月の体温が移った。

ヨハネは秋月をじっと見つめている。

あれほど滑稽に思えた彼の丸い目が、いつの間にか好もしいものに感じられるようになっている。そのことを秋月は恐れ、とっさに訊いた。

「おまえは、春菜とはこういうことをしたことはないの？」

「ありません」

「すればいいのに」

ヨハネはこたえなかった。混乱しているらしい。

まさか、ヨハネは本当に自分のことを恋人だと信じているのか？　その生々しい疑惑に秋月は初めて奇妙な恐れを感じ、思わず彼に言っていた。

「春菜にもしてあげればいいのに。きっと喜ぶわよ」

「そうでしょうか？」

「ええ。女の子はみんな、喜ぶわ」

ヨハネの顔を見ることができず、秋月は目を閉じた。すると、彼の指の動きこそが、この世で一番確かなものに思えた。

自分の言動は、くだらないドラマのヒロインの行動に似ている。うとましくなった恋人を遠ざけるために、他の女性と親密になるよう仕向けてみる――そんな俗っぽい行動パターンに。

心には、重苦しく苦いものが満ちていた。なのに、その一方で秋月の体は甘い愛撫を味わっているのだった。

*

事件は、秋月が遠足で郊外に行っている間に起こり、そして、ただちに処置がとられた。春菜の悲鳴に母親が駆けつけたところ、彼女は泣きじゃくって訴えた。ヨハネに変なことをされた、と。

蒼ざめた母親は、春菜から詳細を聞き出した。春菜によると、ヨハネが突然「気持ちいいことをしてさしあげます」と言い、下着の中に手を入れてきたのだという。

「手を入れられただけ？」

「いいえ。さわられたわ」

「さわられただけ？」

「ええ。あたし、すぐにヨハネを突き飛ばしたから」

母親はホッと息をついた。彼女の安堵《あんど》の理由を、幼い春菜は知らなかった。

秋月が帰宅したとき、すでにヨハネの姿はなかった。春菜はショックのあまり、ベッドに入っていた。

「あなた、ヨハネに変なことを教えなかった？」

苦々しげに質問した母親に、秋月は訊いた。

「ヨハネが春菜になにかしたの？」

「心当たりがあるのね？」

母親の尋問に圧《お》されながらも、秋月はおずおずと確認した。

「……エッチなこと？」

「秋月！　やっぱり、あなたなのね！」

母親の怒声に、秋月の悲鳴混じりの問いが重なる。ヨハネは？　ヨハネはどこにいるの？

彼は業者に回収してもらったわ。

秋月は悲鳴をあげた。

「ヨハネは悪くないわ！　悪いのは、このあたしよ！　彼を戻してあげて！　彼を壊さないで！　もう一度、ヨハネの言い分も聞いてあげて！　お願いよ！」

「もう、遅いわ」

秋月の過剰な反応に呆れたように、母親は大きなため息をつき、事もなげに言った。

「ヨハネの人工知能は、回収前に業者が消去したわ。ボディはリサイクルされるでしょうけど」

母親には、それがヨハネにとっての死であるという認識もないようだった。

秋月は泣き崩れた。

泣きながら、彼女は心の中でヨハネを弁護しつづけた。

あれは、セックスじゃない。全然いやらしいことじゃない。おばあちゃんが頭を撫でてくれるようなものだった。

ヨハネがあたしに向けていたのは、クラスの男子が女の子に向けるような、優越感の混じったいやらしい興味とは違う。そこには尊敬があった。慈《いつく》しみもあった。彼は初々しい戸惑いだって見せた。

あたしはヨハネによって安らぎを得たし、ヨハネも安らぎを感じてくれたはずだ。

清らかな彼を、人間の男の子なんかと一緒にしないで！　女の子に興味は示すけど敬意を払えない、あの馬鹿なガキどもとは違うんだから！

気づいたら、母の姿はなかった。秋月の嘆きようを見て、罰は充分だと思ったのか。あるいは、秋月が落ち着いてから、罰を与えようという目論見なのか。

秋月は震えながら自室に行き、机の上に飾っておいた水仙を手にとると、ベッドに潜り込み、金属の花を護るように体を丸めた。

ヨハネは、もう、この世のどこにもいない。彼はどこに行ってしまったのだろう？

ヨハネの創造主は人間だ。人間は彼を造り、壊す存在だった。そんな人間を、彼は崇拝していた。

「やはり、神の創造物は美しいものですね」

人間の生命の源である女性器を、ヨハネはそう表現した。

しかし、彼は最後まで人間を恨まずにいられただろうか？

いつだったか、秋月は考えた。これまで様々な宗教がとなえてきた創造主たる神など、いるわけがない。いてほしくない。いるのだとしたら、自分は創造されたことを、神に恨まねばならないから。

いつかは奪う生なのに、なぜ与えた？

しかし、神と同じことを、人間はヨハネに対してやってのけたのだ。

ヨハネは花を手折ることはなかった。その代わり、自分と同じ金属から花を生み出した。花もまた神の創造物であり不可侵の存在だという認識を、彼はいだいていたのだろうか？　もう、それを確かめる術《すべ》はない。

秋月は泣き疲れるとまどろみ、目覚めるとまた泣いた。食事も入浴も、拒んだ。

母親は説得を試みることなく、すぐに引き下がった。子供のわがままは相手にしないのが一番だと知っているからだろう。

しかし、さすがの彼女も翌朝は、秋月を学校に追い立てるために部屋に入ってきた。秋月は「気持ち悪い」と訴えた。事実、彼女は発熱していた。

そのまま食事を拒みつづけ、夜になった。春菜がおかゆを作って持ってきたが、追い返した。

「おまえは、なんで平気でいられるの？　おまえが馬鹿みたいに騒いだから、ヨハネは死んだのよ。ああ、いやだ。おまえの顔を見ると、あたし、ますます死んでしまいたくなるわ」

春菜を罵《ののし》るときだけ、秋月は元気を取り戻した。そんな自分を「あいかわらずだわ」と思いながら。

春菜は悲しげな顔をして、部屋を出ていった。泣きもしないところが、彼女の意外な強さを思わせた。

春菜は性のなんたるかを知らず、自分がヨハネにされた行為の意味もわかってない。もちろん、秋月とヨハネがいかなる行為を楽しんでいたかも、彼女の想像外だろう。

それにしても、どうしてあんなに平気な顔をしていられるのか。生まれて初めて秋月は春菜に憎しみをいだいた。

夜中、部屋のドアがノックされた。

無視していると、静かにノブが回り、パジャマ姿の春菜が入ってきた。

「お姉ちゃん、これ、あげる。お父さんとお母さんには内緒よ」

薄暗い部屋の中ではそれがなにかはわからなかった。ただ、春菜が四角く平たいものを手にしているのは見てとれた。

いぶかしげに見あげた姉に、春菜は言った。

「このディスク、ヨハネの人工知能のバックアップが入ってるの。最後にバックアップをとったのは、昨日の朝よ。このディスクの中でヨハネは眠っているの」

薄闇の中で、春菜は微笑んでいるようだった。

「お姉ちゃんが大人になったらロボットの体だけ買って、このディスクに保存されてるヨハネの人工知能をそれに組み込めばいいわ。そうすれば、ヨハネは目覚める」

震える手でディスクを受け取り、秋月はそれを胸に抱いた。喜びよりも先に、疑問が湧いてくる。

「春菜、なぜ……？　ヨハネがおまえにあんなことをするように仕向けたのは、あたしなのよ。わかってるんでしょう？」

「でも、お姉ちゃんが泣いてるんだもの」

妹の子供らしい素朴な返事に、秋月はさらに泣いた。

ありがとう。ごめんね——その二つの言葉は嗚咽に呑み込まれる。

ヨハネの魂は二つに分けられた。一つの魂は消され、一つの魂は眠りについた。秋月は消されてしまった魂を悼《いた》み、眠る魂に再会を誓った。

大人になったらおまえを迎えにいくわ。そうしておまえを幸せにしてやるわ。

ひんやりとしたディスクは、ヨハネの体を思わせた。

そして、その冷たさこそが、秋月の心を優しく慰めるのだった。

あたしを愛したあたしたち

入浴剤のさわやかな香りが浴室を満たしている。

湯船の中でゆったりと目を閉じ、藍子《あいこ》は昼間の出来事を思い返していた。

放課後、薄暗い学校のロビーの靴箱の中に発見した一通の手紙は、少しも喜ばしいものではなかった。

――あなたのことが好きです。ひとめぼれでした。

――あなたは、とてもかわいい。特に、ぼくはあなたの長いまつ毛と大きなひとみが大好きです。

――ぼくと、おつきあいしていただけませんか？　最初は友達からで結構です。

イルカのイラストのレターセットに、青いボールペンで書かれた下手くそな字。相手は、顔も知らない二年生の男子生徒だった。

（バカみたい。だいたい、あたしはこんな人、知らない）

藍子は多少のいらだちを込めて、湯をパシャリと叩いた。彼の幼い、そのくせどこか気取りの混じった崇拝が、鼻についてたまらなかった。

（この人だって、あたしのことなんて全然知らないはず。あたしの外見が気に入ったからって、勝手に妄想ふくらませたりして……。あんな手紙をもらっても、気持ち悪いだけ！）

中学に進学してから、三ヵ月になる。思春期に突入していきなり色気づいた同級生たちを、藍子は冷ややかな目でながめていた。

男子生徒の目を意識して、女子トイレの鏡の前で髪をとかす女の子たち。休み時間、グループで女生徒の品定めをしている男の子たち。これ見よがしに手をつないで下校する数組のカップル。

（いきなり発情しちゃって、バカみたい。みんな、恋をしてる自分に酔い痴れて、そんな自分をまわりの人に見てほしくてたまらないんだ。自意識過剰！）

それが、藍子の率直な感想だった。

藍子は恋を知らなかった。そのうえ、砂糖菓子のような甘い外見に反して、性格はクールでシビア。最近はその外見と中身との落差がまた、彼女自身をいらだたせていた。

背中まで届くサラサラの髪も、ほっそりとした肢体も、叙情的な大きな瞳も、きれいにカールした長い睫毛も、自分の性格には不釣り合いのものでしかないように思えた。その見かけの愛らしさゆえに好意を寄せてくれる少年たちの存在も、わずらわしくてたまらなかった。

いっそ、髪を男の子のように短く刈ってみようかとも思ったが、それ自体が馬鹿馬鹿しい発想であることにすぐに気づいた。自分の外見しか見ようとしない異性のために自分を変えてしまうなど、愚かなことだ。

(もう、あんな手紙は無視!)

藍子は残酷な決意と共に立ちあがった。

湯気が乱れ、なめらかな肌の上を湯が滑り落ちた。成熟しきっていない少女の裸身が、立ちこめる湯気の中に浮かびあがる。その華奢な体には、今にも溶けて清らかな水になってしまいそうな透明であやうい印象があった。

＊

自動車メーカーに勤める父は、おとといから出張だ。市役所で経理を担当している母からは、さきほど残業で遅くなるとの電話がかかってきた。帰宅は十二時を過ぎるかもしれないということだった。

母に念を押された通りに、藍子はきちんと戸締まりを済ませた。

家には自分一人だ。時計は九時をまわっている。

パジャマ姿で藍子は机に向かった。

今日出された数学の宿題は、三十分もあればできるだろう。今夜はもう、見たいテレビ番組はない。宿題を終えたら、なにをしようか。ベッドに入るまで、図書館から借りてきたケーキ作りの本でもながめて過ごそうか。それとも、やはり借りてきたばかりの小説を読もうか。

数学のノートを開き、四問目まで行き着いたそのときだった。背後で妙な物音がし、藍子は反射的に振り向き……ギョッとした。そこには見知らぬ女の姿があったのだ。

二十歳ぐらいだろうか。長いサラサラの髪が印象的だ。完璧とも言えるプロポーションの上でシンプルなニットのワンピースが美しい曲線を描き、その手には革のハンドバッグがある。

パニック寸前の藍子の頭の中では、思考がグルグルと駆け巡った。

泥棒？　強盗？　戸締まりはしたのに！　この人、どうやって入ってきたの？　ドアの音もしなかった。なぜ？　だれ？　もしかしたら幽霊？

緊張に渇いた喉から、言葉がせりあがってきた。

「な……なんなのッ？」

声は上ずり、悲鳴に近かった。

そのとき突然、背後から何者かの手に口をふさがれた。

「…………！」

身がすくむ。たちまち恐怖で視界が潤《うる》む。足がガクガク震えた。抵抗する気力は少しも出なかった。

「そうだよ。静かにしてな」

耳許《もと》で、少女の声がささやいた。

「そのまま、目の前のお姐《ねえ》さんをよく見てごらん」

言われてから、気づいた。目の前の女性は困惑したような微笑みを浮かべていたのである。

そして、さらに藍子は驚くべきことに気づいた。その女性は、自分にそっくりだったのだ。歳こそ二十歳ほどに見えるが、目も鼻も口も、自分のものとまったく同じだ。

「気がついたかい？　彼女は七年後のおまえさん。十九歳の藍子だ」

まさか！

「おまえ、タイムトラベルって、わかるか？　時間旅行ってやつだ。過去や未来に行くことだよ。彼女は未来から来た十九歳のおまえなんだよ」

まさか！　まさか！

しかし、この女性は突如として部屋に現われた。鍵を閉めたこの家の中に。

非現実的な現実に、心はグラグラ揺さぶられた。

少女の声は、藍子の耳許でもったいぶるような口調で告げた。

「そして、あたしは三年後のおまえ。十五歳の藍子だ」

彼女は藍子を解放し、数歩そこから離れた。

おずおずと、藍子は彼女を見やった。

そこにいたのは、自分と同じ顔をした短髪の少女だった。白いTシャツに洗いざらしのジーパンが、活発そうな印象を与えている。

彼女は口許に笑みを浮かべていた。藍子の反応を楽しんでいるらしい。

藍子は混乱する頭の中をなんとか鎮めようと、心で自分に言い聞かせた——泥棒でも強盗でも幽霊でもなくて、よかった。未来の自分なら安心だ。自分は安全だ。

ひとまずは、安堵《あんど》してみよう。

しかし、そこでまた、疑念が頭《こうべ》をもたげてきた。

(本当にこの二人は未来のあたしなの？)

もしかしたら、これはだれかのいたずらではないだろうか。もしや、テレビ局の仕業では？　素人にいたずらを仕掛けて、それを隠しカメラで撮影し、その驚く様を放送する番組があるではないか。

藍子はキョロキョロとあたりを見まわした。

「カメラなんて、どこにもないわよ」

年長の女に見透かされたように言われ、藍子はドキッとした。

「本当にわたしたちは未来のあなたなのよ。今のあなたも、わたしの記憶の中にあるわ。自分の過去としてね。さっきのあなたは、隠しカメラを探してキョロキョロしたの。たちの悪いテレビ番組のネタにされているのではないかと思ってね。わたし、覚えているわ」

続けて、年下のほうが言った。

「確か、今日は二年生の男からラブレターをもらったんだったな。レターセットはイルカのイラストがついたさわやかなやつ。おそろしく古典的なことに、靴箱の中に入ってたんだよな。でも、あたしはそいつの顔も名前も知らなかった。奴はあたしの見かけだけに惚れたんだ。そのことが、あたしには腹立たしかった。奴にとっては、あたしの中身なんてどうでもよかったんだからな」

「そう。あたしも、そう思ったの」

思わず藍子はこたえていた。

「だから、あたし、いっそ髪の毛を短く切って、これからはもっと乱暴にふるまって、男の子みたいになってやろうかって思ったの」

「今のあたしみたいに？」

十五歳の自分に言われ、藍子は思わず微笑んだ。

「そう！　そんなふうに！」

言ったとたん、心に安堵が広がった。

そして、ストンと納得できた。この二人は未来の自分だ。本当にタイムトラベルで未来から現在にやって来たのだ。嘘でも夢でもない。これは現実だ。

＊

「なあ、十二歳。茶ぐらい出せよ。こっちは、未来からわざわざ来てやったんだぜ」

十五歳の自分に言われ、藍子は二人をリビングルームに連れていくと、三人分の紅茶を淹《い》れた。

二人の未来の藍子は、互いを年齢で呼んでいた。「十五歳」「十九歳」と。

それにならって、藍子も三年後の自分に声をかけた。

「ねえ、十五歳」

「なんだい？」

ティーカップを片手に、十五歳はこたえた。

「あなた、高校生だよね？」

「ああ。一年だ」

「どこの高校？　あの……あたし、どの高校に受かるのかな？」

「永南《えいなん》第一高校」

「本当？」

想像していたよりもランクの高い校名を聞き、藍子は驚いた。

「あたし、本当に受かるの？」

「ああ。一生懸命勉強しろよ」

「今のあたしの成績じゃ、無理だと思うんだけど……」

「だから、これからがんばるんだよ。おまえが入試で失敗したら、歴史が変わっちまうからな。責任重大だぞ」

「プレッシャーかけないでよ」

藍子は困惑の笑みを浮かべた。

「わたしのことは、聞きたくない？」

十九歳が身を乗り出し、いたずらっぽく言った。

「あなたは学生？　それとも社会人？」

「大学生よ」

「どこの大学？」

「内緒。あまりペラペラ喋《しゃべ》って、歴史が変わってしまったら、困るもの」

本当だろうか？　どこまでが冗談か、わかったものではない。

「ねえ。タイムマシンはどこにあるの?」

「そんなものは、どこにもないわよ。タイムマシンなんて発明されてはいないもの」

十九歳がこたえる。

「じゃあ、どうやって現在に来たの?」

「わたしたちの能力よ」

「能力?」

「わたしたち自身が、未来にも過去にも自由に跳ぶ能力を得たのよ」

「能力を得た、って……一体、どうやって?」

「知りたい?」

「うん。知りたい」

こたえたときだった。いきなり背後から抱き寄せられ、藍子はハッとした。頬に冷たいものが触れる——ナイフだった。

「な……に……?」

恐怖が足許から這いあがってきた。全身に鳥肌が立つ。

これはどういうことか? 十五歳の自分はなぜこんなことを?

「動くなよ」

藍子を抱きすくめるようにして、十五歳が鋭く言った。

「ねえ……なんなの？」

喉の奥から絞り出した声は、完全にかすれていた。

笑いを含んだ声で、十五歳がこたえる。

「どんなふうにタイムトラベルをするのか、その方法を教えてやるんだよ」

ナイフを突きつけられ、身動きができない藍子に、十九歳がゆっくりと歩み寄ってきた。

口許には、妖《あや》しい微笑みがたたえられている。

藍子は得体の知れぬ恐怖を感じた。本当にこの少女たちは未来の自分なのだろうか？

「ねえっ。なにするのっ？」

動揺のあまり語尾が震えた。いきなり十九歳が藍子のパジャマのボタンを外しはじめたのだ。

藍子の言葉に、一瞬、十九歳は手を止めて彼女を見たが、妖艶《ようえん》な微笑みを浮かべつつ、結局はすべてのボタンを外してしまった。

スルリと、細い指がパジャマのズボンの中に侵入してきた。下着の上から小さな丘を撫でられる。

藍子は身震いした。背筋に冷たいものが走る。

十九歳は藍子の表情をじっくりと観察していた。その目つきには、藍子が知らない熱情の色がある。

この人たちは、未来の自分には違いない。けれど、理解できない部分がありすぎる。

全身が震え、藍子の歯はカチカチと小さく鳴った。恐怖で脚の力が抜け、今にも座り込んでしまいそうだ。

「おい。あんまりおびえさせるなよ」

十五歳が十九歳に言った。

「あたし、覚えてるぞ。おまえがそうやってあたしの反応を見て楽しんだこと」

「あら。わたしだって覚えてるわ。とってもエキサイティングで素敵な思い出よ」

「……しょうもねえ淫乱女だな、おまえ」

「なんとでも言ってちょうだい。このわたしは未来のあなたなのよ」

どうすることもできず、藍子はギュッと目を閉じた。この二人が一刻も早く未来へ帰ってくれることを心で念じる。

だいたい、どういう経験を経ると自分が目の前の二人のようになってしまうのか、そのあたりがまったくわからなかった。本当にこの二人は未来の自分なのだろうか？

パジャマが肩を滑り、床に落ちた。

藍子は不安に突き動かされ、目を開けた。なにか変なことをされるのは間違いない。

首筋の産毛がチリチリと逆立つ。恐怖に全身が硬直する。

十九歳は藍子のパジャマのズボンと下着を一緒に下ろした。今や藍子は一糸まとわぬ姿にされていた。

刃物で脅され、裸身を両手で隠すこともできず、藍子は立ちすくむばかりだ。

「きれいな体……なめらかで、デリケートで、とっても軽そうな……。蜉蝣《かげろう》の翅《はね》のようね」

藍子の全身を舐めるように見ながら、十九歳はバッグからなにかを取り出した。それは細い縄だった。

「抵抗してはだめよ。きれいな顔に傷がつくわよ。余計なことも喋らないで。おとなしくしてなさいね」

十九歳は優しく言い聞かせるように言うと、藍子の幼い乳房の上下を締めつけるように縄を走らせた。腕は後ろで曲げさせられ、手首をきつく括《くく》られる。

恐怖の涙で視界がにじんだ。心臓が跳ねあがる。

自分は一体なにをされるのか。なぜ、こんなことになってしまったのか。

しかし、少なくとも殺されることはないだろう。未来の自分が目の前に存在しているのだから。

藍子は懸命に自分の心を落ち着かせようとした。

完全に藍子が縛りあげられたところで、十五歳はナイフを鞘《さや》に収め、そして、十九歳のバッグから取り出した大判のハンカチで藍子に猿轡《さるぐつわ》を嚙ませた。

とたんに恐怖に負けて、藍子の口から嗚咽《おえつ》が洩れた。押し寄せる恐怖に、圧《お》しつぶされそうだった。

「泣かなくても大丈夫よ。わたしは未来のあなた。あなたは過去のわたし。自分にひどいことをするつもりなんてなくってよ」

十九歳は言いながら、藍子を肘掛け椅子に座らせた。

ふわりとしたクッションが、裸の背中と尻を優しく受けとめた。

しかし、二人はそこで許してはくれなかった。両側からそれぞれ藍子の脚をつかむと、無理やり左右に大きく開き、椅子の肘掛けにその脚を掛けさせたのである。

「ううっ!」

くぐもった悲鳴をあげた藍子を無視し、二人は彼女の太股《ふともも》と足首を肘掛けに縄で括りつける。

一糸まとわぬ姿にされたうえに、このようなひどい格好で椅子に固定され、激しい恥辱感が湧いてくる。

頬が熱い。いっそ消えてしまいたかった。

「はい、できあがり、と」

十五歳が陽気な声をあげ、十九歳は藍子を慰めるように言う。

「大丈夫。とってもかわいいわよ。痛々しくて、エロティックで、きれいで……わたしも、ものすごくそそられてしまってよ」

（なんで、自分にこんなひどいことを……？）

泣くまいとしているのに、猿轡の奥でしゃくりあげてしまう。こんな淫らな格好をさせられているという現実そのものを、認めたくなかった。

なのに、十九歳は優しい声音で言ったのである。

「この姿、自分でも見てみたいとは思わなくて？」

藍子は拒絶する代わりに、二人から目をそらした。

しかし、十五歳はニヤニヤしながら玄関から姿見を運んでくると、藍子の目の前の壁に立てかけたのである。

鏡に映った痛々しい自分の姿に、藍子は改めて衝撃を受け、あわてて目をそらした。自分がそうされているという事実以上に、見てはいけない自分の姿を見てしまったという意識が、彼女を動揺させた。

とりわけ、脚の間の茂みの奥に見えた紅色の肉が、藍子をおびえさせた。そこは、彼女自身にとっても初めて目にする未知の部分だったのだ。

十五歳と十九歳の視線は、遠慮なくその秘められるべき場所を射る。

見られている——その思いが、藍子の頬を熱くした。と同時に、見られている部分に、自然と意識が集中する。

ドクンと、その箇所が脈打った。たちまち熱を帯びる。

藍子は視線に反応しつつあった。見られることに妖しい昂《たかぶ》りを感じつつあったのだ。

胸の奥で甘く切ない痛みがチリチリと震えていた。藍子にとっては得体の知れぬ感情だった。

(あたし、変な気分になってる……)

恐怖と恥辱感に打ちひしがれながらも、藍子はその奇妙な感覚を認めていた。

鏡の中のおのれの姿を藍子に見せようと考えてか、二人は彼女の両側についた。十九歳が右に、十五歳が左に。

(これ以上、変なことしないで!)

藍子は心の中で懸命に祈る。

十九歳の優美な手が、藍子の太股に置かれた。

そのまま、手は焦らすように太股を滑り、脚の付け根へと近づいてくる。実にゆっくりと、しかし確実に。

じわじわと妖しい感覚が広がり、藍子は体を震わせた。

「十二歳とはいえ、さすがに感じやすいな。三年前のあたしだけあって」

「そうよ。わたし、とっても感じやすいのよ」

十九歳がうっとりとこたえ、それから両の掌で藍子の頬を包むと優しく言った。

「これから、じっくりと開発してあげる」

彼女の言葉に恐怖し、さらに藍子の視界は涙で潤んだ。

十九歳はクスクス笑いながら、藍子の脚の間のぴったりと合わさった花びらに指を滑らせた。ただし、触れるか触れないかの、羽毛のような柔らかさでもって。

とたんに、そこがビクリと震える。認めたくはなかったが、快感に対する反応だった。

「鏡をご覧なさい。ほら、ここに小さな唇があるでしょう？　開いてみましょうね」

指が優しく肉を割った。

「うぅーっ！」

藍子の悲鳴はうめきとなって洩れた。

触れられたところがなにかを期待するかのようにズキズキと脈打ち、さらに熱を帯びる。

深い色の肉の割れ目からのぞく部分は、サーモンピンクだった。

「ここが大事な入り口よ。わかるわね？」

言いながら十九歳は指を立て、軽く突いた。

藍子は逃れようと、懸命にもがいた。太股と足首に縄が食い込み、木の椅子がギシギシ鳴る。

「おい。どさくさにまぎれて入れるなよ」

注意した十五歳に、十九歳は余裕の微笑みでこたえる。

「いくらなんでも、そんな乱暴なことしないわよ。もっと気持ちよくしてあげて、蜜をたっぷり出してもらってからじゃないとねぇ。初めてですものね」

そして、彼女は藍子の額にそっとキスをした。すぐに指が二枚の花弁をつまみ、優しく揉みはじめる。

「うっ。んっ……」

藍子は猿轡を噛みしめた。が、それでも快楽のうめきは抑えることができない。

ギュッと閉じた目から、涙がにじんだ。

「バッチリ感じてるな。その調子だよ」

十五歳が、まるで藍子を励ますように言った。

一方、十九歳はクスッと笑うと床に膝《ひざ》をつき、ためらうことなく藍子の脚の間にぴたりと唇を押しつけたのだった。

藍子は衝撃と恥辱に打ち震えた。この大胆な愛撫から逃れようと、尻を引こうとしたが、しっとりと濡れた舌が花弁の間にさし込まれたとたん、へなへなと力が抜けていった。

粘液にまみれた淫猥《いんわい》な虫のように、舌はうごめく。快感は、焦らされるごとにつのってゆく。

「んっ……」

しっとりと濡れた自分の声を抑えようと、藍子は猿轡をギュッと噛みしめ、うつむいた。

感じてはいけない。いや、それができないのなら、せめて感じているところを見せてはいけない。

しかし、最も感じやすい花芽《はなめ》にたとえられる部分を十九歳にキュッと吸われ、藍子は上体をそらしていた。

これも初めて知る感覚だった。頭の芯がくらくらするほどの圧倒的な快感だ。

十五歳は面白そうに藍子に言う。

「どうだい？　気持ちいいだろう？　恥ずかしがることなんてないんだよ。あたしたちは、おまえなんだからさ」

藍子は懸命に抗議のうめきをあげたが、それがこの二人に伝わるはずもない。

背後にまわった十五歳が、藍子の胸を両手で包んだ。

「んッ……！」

甘い疼《うず》きが広がり、全身を駆け巡る。足の爪先が丸く曲がる。縄が食い込み、痛いほどだ。緊縛されていなければ、水揚げされた魚のように暴れていたことだろう。

十五歳は、そのまま藍子の両胸をねっとりとした手つきで揉みしだいた。

両の目から、涙がこぼれる。意志に反して反応してしまう自分の体が恨めしかった。特に、あさましくうごめき、快楽をむさぼる脚の間の小さな器官が憎らしかった。

（もう、見ないで！　お願い。見ないで……！）

おのれの肉体が自分では制御不能となった今、藍子には心で祈るしかなかった。

そんな彼女に、十九歳の藍子は残酷に告げた。

「自分がどんなふうになっているのか、その目で確かめてごらんなさい」

そして立ちあがると、藍子の両脚の間から椅子の横に移ったのだった。

鏡に映っているのは、やはり、見せてはならぬ部分を無理やり露出させられている痛痛しいおのれの姿だったが、藍子は自分の顔に陶酔の表情を見た。

頬を涙で濡らしながらも、目には恍惚の光が宿り、頬は美しい薔薇色に染まっている。

それは、快楽に目覚めたばかりの幼い獣の顔だった。

「ここ、わかる？ かわいい種が芽吹こうとしているでしょう」

花弁の前方の小さな秘密の箇所を示し、十九歳は言った。

そこが以前とくらべてどう変化しているのか、藍子にはわからなかった。が、十九歳の指に触れられたとき、彼女はその変化を覚《さと》った。

「うう――っ！」

十九歳の口に吸われたときよりも強烈な快感に襲われた。いつの間にか、そこはひどく過敏になっていたのだ。

その小さな部分が、全身を支配するほどの激しい快感をむさぼる。熱くしこり、脈打っている。

指の腹で転がすように刺激され、藍子は何度もうめき、のけぞった。

（お願い……もう、あたし……）

怖くなるほど感じていた。後方の小さな蕾《つぼみ》までが、なにかを求めるようにヒクついている。いっそ、このいやらしい肉体を棄てて、どこかに逃げてしまいたかった。

だが、同時に彼女は、解放されつつあった。一つ年上の少年から恋文をもらったときにはかたくなに閉じた心が、やんわりと溶けてゆき、体からも余計な力が抜け、今にもとろけてしまいそうだった。

花弁の間に中指がさし入れられた。

恐怖に藍子はうめき、その侵攻から逃れようと尻を引いたが、指は蜜に迎えられ、内側に導かれるように侵入してきた。

痛みはなかったものの、異物感に対する恐怖で藍子の全身は硬直した。と同時に、心の奥では甘く切ない疼きが頭《こうべ》をもたげていた。

自分の肉体は指の侵入を受け入れ、征服されたのだ。内側まで、この未来の自分に知られてしまったのだ。

指が動き出した。

中で小さく旋回し、内壁を刺激する。ギリギリまで外に出てから、一気に奥まで貫く。奇妙な異物感は快感に変わった。

「うっ……くぅっ……んっ……」

指の動きに合わせ、藍子はうめく。

やがて人さし指と薬指は、小さな二枚の花びらを中指との間にはさみ込むようにして、優しく弄《もてあそ》びはじめた。

親指が花芽をキュッと押したとき、またしても藍子はのけぞった。

キュッキュッとリズミカルに、何度もそれは繰り返される。

藍子は全身をヒクヒクと痙攣《けいれん》させた。

みっともないほど感じている――そう自分ではわかっていたが、どうにもできなかった。

胸は、背後からまわされた手にもみくちゃにされている。乳首の先まで指で優しくこすられ、丹念に刺激される。

切ない快感。甘い恥辱感。

自分は今、未来の自分に支配されているのだ。この肉体は、彼女らの思いのままだ。だったら、いっそどこまでも乱れさせてほしかった。

もう、どうなってもいい。こんなに気持ちいいのだから、もう……。

そう思ったとき、限界まで高まった快感がさらに広がり――そして、はじけた。心地よいめまいを感じ、藍子はのけぞったまま悲鳴ともうめきともつかない歓喜の声をあげた。

それっきり全身から力が抜け、彼女はぐったりとなり、あとは、たゆたうような快感の余韻が肉体を支配した。

自分は変貌してしまった。

獣じみた欲望と、それが満たされる快楽を知り、変わってしまった。

自分は、すでに一時間前の自分とは違う。十五歳と十九歳は、得体の知れない存在ではなくなった。同じ快感を知る仲間――「自分」という仲間だ。

藍子は目を閉じた。もう、涙は出なかった。

「どう？　よかったでしょう？」

十九歳の声は妙に明るくさわやかだった。憎らしいほどに。

藍子は目を閉じたまま、なんの反応も示さなかった。

反発ゆえではない。とにかく今は、快感の余韻と倦怠感《けんたいかん》でなにをする気も起きなかったのだ。しばらくの間は、そっとしておいてほしかった。

「これが、わたしたちのタイムトラベルの秘密なのよ」

十九歳は言ったが、藍子にはわけがわからない。

「性的な快楽を知ったあなたは、もう、立派なタイムトラベラーよ。わたしたちと同じ能力を持つ」

「あたしらはこの能力をおまえに授けるために未来からやって来たんだ。なぜなら、あたしもこの十九歳のお姐さんも、十二歳のときに未来からやって来た二人の自分に開発されたっていう過去があるからさ」

「そして、あなたは十五歳になったときと十九歳になったときには過去に跳んで、十二歳の自分にいけないことをして、タイムトラベルの能力を開発することになるのよ。わかった？」

二人の言葉はまったく理解できなかったが、解放されたい一心で、藍子はのろのろとうなずいた。

さきほどまでの屈辱感は消え、今はただただ疲れていた。

十五歳が猿轡を外してくれた。十九歳は、藍子の脚を椅子に括りつけている縄をほどいてくれている。

すべての縛めを解かれたとき、藍子はズルズルと椅子からくずれ落ち、床に転がった。

（もう、いまし《いまし》イヤ……）

今は、それしか考えられなかった。

縄をかけられていた部分には、くっきりと跡が残っていた。両脚の間には、指で犯された感覚が残っている。猿轡を嚙まされていた口にも、異物感があった。

「早くシャワーを浴びて、自分の部屋に戻れよな。あたしらも未来に戻るからさ」

十五歳が言い、十九歳も藍子に告げた。

「お名残惜しいわ。また遊びましょうね」

そして、それっきり室内は静寂に包まれた。

のろのろと顔を上げたときには、だれもいなかった。

藍子にはただ、変貌を遂げたおのれの肉体が残されただけだった。

＊

幾日かが過ぎたが、あいかわらず藍子はタイムトラベルの秘密などさっぱりわからなかった。そもそも理解しようともしなかった。

とにかく、あんな屈辱に満ちた体験は、すぐにでも記憶の中から消し去りたかったのだ。しかしその一方で、あろうことか藍子は二人の愛撫が忘れられなくなっていた。頭よりも体がそれを覚えていた。

脚の間でうごめくように湧きあがる、あの衝動。花びらと花芽が熱く脈打ったときに全身を突き抜ける、切ないほどの渇望。

今では、体全体が貪欲に人肌の温《ぬく》もりを求め、おかしくなりそうなほどだった。

今夜もベッドに横になったものの、目が冴えて眠れない。

体の火照《ほて》りを抑えたいと思っているのだが、ふと気づけば、片手は両脚の間にあり、もう片方の手は、熟れきってはいない胸を揉みしだいている。

我に返ると、あわてて自分の肉体を愛する行為をやめるのだが、そうすると欲望はさらに燃えあがった。

(あたし、おかしくなってる……)

藍子は自分の両肩をギュッと抱き、目を閉じた。

幼い頃、庭の椿の蕾を無理やり開いていたずらしたことがあった。きっちりと閉じた花弁をむしるように開き、最後にはバラバラにしてしまったものだった。

自分の体も、それと同じことをされたのだ。未来の自分の手で、無理やり開花させられたのだ。あの椿の花のように、この肉体もまた、バラバラになりそうだった。

脚の間の器官がズキズキと刺激を求めていた。狂おしい欲求が脈動を始める。藍子は肩を抱く手にギュッと力を込めた。

あの部分をさわってはいけない。また、いけないことを繰り返してしまう……。

しかし、そこは藍子の意志に反して愛撫を受け入れる状態になりつつあった。しっとりと、熱く濡れて。

(もう、あたし、だめ……)

耐えられない。

この体を、だれかにさわってほしい。指で舌で唇で、気持ちよくしてほしい。思い切り声をあげさせてほしい。どこまでも乱れてみたい。もう、なにをされてもいい……。

藍子はのろのろと身を起こし、ふいに思った。

（また、未来のあたしに会いたい。たとえば、一年後のあたしに……。いろいろなこと、してほしいし、教えてほしい。あたしはあたしに会いたい！）

強く念じたその瞬間、めまいを感じた。部屋が、熱を加えた飴のようにグニャリとゆがむ。思わず目を閉じた。

「いらっしゃい。よく来たね」

少女の明るい声が聞こえ、藍子は目を開けた。

「そろそろ来る頃だと思ってたよ」

目の前には、自分がいた。ただし、その髪は今の自分ほど長くはなく、肩のところできれいに切りそろえられていた。

すでに藍子は、自分の目の前にいるのが一年後の自分だとわかっていた。彼女は一年後の自室に跳んだのだった。

十三歳の藍子は、少し背が伸びているようにも見えた。着ているパジャマも今のものとは違っている。

どうやら夜らしい。壁の時計は十二時近くを指している。

部屋の中は少々変化していた。見たことのないウサギのぬいぐるみが机の上にあったり、シーツが白ではなく花柄になっていたり、ＣＤラジカセがＣＤコンポに変わっていたり。

「あたし……タイムトラベルしちゃったんだ……」

藍子がつぶやくと、十三歳の彼女はこたえた。

「そう。性的な欲望をエネルギーに、あたしたちは時を駆けるの。方法は簡単。まず『未来のあたしとセックスしたい』とか『過去のあたしにいろいろ教えてやりたい』って考えること。それから、その『やりたい』って気持ちを頭の中でふくらませる。そうすれば、過去や未来に跳んで自分に会えるってわけ。簡単でしょ?」

それが十五歳と十九歳が言っていた、タイムトラベルの秘密だったのだ。

「元に戻れるの?」

「もちろん。過去に戻るのは簡単だよ。『さあ、戻ろう』って思えば、すぐに戻れる。そもそも、十二歳のあなたがここにいること自体が、不自然なことなの。本来の時間に戻ることは自然なことだから、簡単なんだ」

しかし、今はまだ、戻りたくない。

「あたし……あたし……」

藍子は言いよどみ、うつむいた。

「わかってるよ」

一年後の藍子——十三歳——は歩み寄ってくると、そっと藍子の唇に唇を重ねた。

十三歳の舌にうながされるように、藍子は唇を開く。

舌がからみあう。体の力が抜け、よろけそうになる。導かれるようにして、ベッドに倒れ込んだ。

十三歳は積極的にキスを味わいつつ、もどかしげに藍子のパジャマのズボンに手をさし入れた。

「うッ……んっ……」

飢えきっていた場所に、指が触れた。もう一つの貪欲な唇。

熱い。

そこが脈打つと、全身に快感が広がる。

思わず腰が浮いてしまう。いかにも物欲しげな自分の反応に、藍子は頬が熱くなる。

（だめ……こんなところを見せちゃ……）

唇が離れた。

「声、出していいよ。お父さんとお母さんは旅行中なの」

言いながら、十三歳は藍子の花芽を押した。とたんに暴力的なほどの快感が全身を貫く。

「くぅっ……！」

恥ずかしさに、藍子は自分の口を手でふさいだ。

十三歳が面白そうに忍び笑いを洩らす。彼女は藍子のパジャマのボタンを外し、優しく奪い取った。次にはショーツも。

そして、自分も着ていたものを脱ぐと、部屋の電気を消し、小さなスタンドをつけたのだった。

もう一度、二人は深い深いキスをした。舌と唇で慈《いつく》しみあい、お互いをたっぷりと味わう。

十三歳の指が藍子の右の乳首をつまんだ。ビクッと全身が震える。

一方の手は丘の上の茂みを優しく乱すと、さらに下へと降りてきた。

「うっ……んっ……」

十三歳に舌をからめとられつつ、藍子は切ないうめきを洩らす。

唇が肌の上を這い、左の乳首を含む。舌先がそれを転がす。右胸は少しばかり荒っぽくつかまれ、そのまま揉みしだかれる。

恥じらいと興奮が混じりあい、息が乱れる。

十三歳の指が、あふれ出てきた蜜をすくい取るように動く。

その愛撫に全身が反応し、さらに絶頂に近づく。

「あっ……。あ……あたし……。だめ……」

ふたたび花芽に指が添えられた。とたんにそこが刺激を期待し、ズキンと脈打つ。

「だめっ。声、出ちゃうよぉ……！」

哀願するように藍子は言ったが、十三歳は容赦してはくれなかった。そこを軽く押されただけで、藍子はのけぞり、息を呑む。

十三歳は満足そうに微笑むと、その小さな芽を押さえ、指の腹で転がしはじめた。

悲鳴に近い歓喜の声をあげそうになり、藍子はふたたび口を押さえた。

花弁の間から蜜があふれる。爪先がキュッと曲がり、開かれた脚がヒクヒク痙攣する。

激しい快感に、思考が乱れる。圧倒的な快美感で頭がクラクラする。

「んッ……うう——っ！」

ひときわ大きく、藍子はのけぞった。快いめまいで、頭の芯までが痺れる。

快楽の絶頂だった。

やがて、全身を支配した快感がゆっくりと優しい倦怠感に変化していった。なんともいえない美しい感覚だった。

耳許で十三歳がそっとささやいた。

「気持ちよかった？」

「うん」

藍子は素直にうなずいた。

手が優しく藍子の髪を撫でた。幸福感と安心感が広がってゆく。

しばらくしてから、十三歳は言った。

「今度は、あたしを愛してくれる？」

藍子はうなずいた。未来の自分の唇にそっと触れ、それから自分の唇を重ねる。舌が触れる。からみあう。

おずおずと手を伸ばし、指先に触れた茂みをいたずらするように乱す。

「ん……」

十三歳の唇から甘い声が洩れた。

藍子の胸は高鳴った。そっと亀裂にそって指を滑らせてゆく。

求めるように、その部分が指先に押しつけられた。藍子の心は震えた。

十三歳のそこは、すでに潤っていた。

ああ、これだ――藍子は思った。

自分が求めていたのは、これだったのだ。お互いに、快楽を与えあう関係。それも、自分自身と。

二年生の男子生徒から唐突な恋文をもらったときに感じた不快感の一番の原因は、彼が藍子の容姿しか見ていなかったということにあった。しかし、自分自身が相手ならばそのようなことはない。自分を一番よく知っているのは、自分なのだから。

（あたしはあたしを心から愛することができる。心も体も……！）

衝動に駆られ、藍子は強引に十三歳の両脚を大きく開かせた。

「ああっ」

驚きと恥じらいの入りまじった声が、さらに藍子を駆り立てる。

ひざまずき、そっと小さな花びらに唇をあてる。

ビクンと相手が反応する。それがまた、藍子の欲望をあおる。

(素敵！　なんて素敵なの！)

柔らかな花弁を優しく開き、舌をさし入れる。慈しむように、かわいがるように、その部分に刺激を加える。

十三歳の切なげなあえぎが、藍子の耳をくすぐる。

(かわいい人！)

藍子は、花弁の前方にある小さな芽に舌を這わせた。

「あっ……ああっ……！」

感じてくれている――そのささやかな感動が、藍子の心の中で愛おしさに変化する。

あたしは、目の前のあたしがかわいくてしかたない。それは、いけないこと？　ううん。そんなことない。あたしも、未来のあたしも、とっても幸せなんだから！

あたしは、あたしを愛している。そして、あたしも、あたしを愛してくれている。この思いは、だれにも邪魔させはしない！

「ああッ……んっ……」

(こんな声、あたしはあたし以外の人に聞かせたくない。あたしは、あたしのもの！)

唇をすぼめ、花芽をキュッと吸った。

十三歳の全身が、弓なりになる。

藍子は唇と舌だけではなく指も使いはじめた。

彼女は確信していた。自分はこれからも、何度もタイムトラベルをすることだろう。愛しい自分と肌を合わせるために。

しばらくしたら、髪を切ろうか。イメージ・チェンジして、自分を愉しませるのだ。そうだ。今、自分が愛している彼女の肩までのサラサラの髪は、とても素敵だ。次はあんな髪型にしよう。

十五歳の自分は、男の子のように短い髪になっていたうえに、態度もがさつだった。一方、十九歳の自分は髪を伸ばし、しっとりとした妖しい魅力を身につけていた。あのように、自分は自分を満足させるために、おのれの印象を変えてゆくことになるのだろう。気づいたら、自分自身の秘められた花も蜜をしたたらせていた。

（素敵！）

藍子の指は未来の自分の内側へと滑り込んだ。狭いその部分は収縮し、キュッと指を咥《くわ》えた。

敏感な相手の反応が、ひたすら愛おしい。

「欲張りな体……」

藍子は未来の自分に優しくささやき、そして、思った。

（そう。あたしは欲望を満たすためにタイムトラベルさえも可能にした、とてつもない欲張り。あたしは、あたしがほしくてほしくてたまらない。だけど、欲張りで本当によかった。こんなに気持ちいいんだもん）

藍子は十三歳の乳首を口に含むと、舌先で転がした。

「だめ……もう、だめぇ……」

そして十三歳は大きくのけぞると、ついに快楽の園に達したのだった。数秒後には、ほっそりとした体からすべての力が抜ける。大きな目は快感に潤んでいた。

彼女の様子に、藍子の心も大いに満たされた。

二人は見つめあい、微笑みを交わした。十三歳の自分が愛おしくてたまらない。

（あたしはこの快楽を味わうためなら、何度だって未来や過去に跳んでみせる！）

藍子が強く思った、そのときだった。

「ちょっと、よろしいかしら？」

陽気なしわがれ声が聞こえ、藍子はギョッとした。

いつの間にか、ドアの前に一人の見知らぬ老婦人が立っていたのだ。

藍子は悲鳴を抑え、毛布を引き寄せると自分の裸身を隠した。

しかし、十三歳はその老婦人に親しげに「こんにちは」と言うと、藍子に告げたのだった。

「未来のあたしたちだよ」

（このおばあさんが、あたし……）

藍子は息を呑み、年老いた自分をまじまじと見つめた。

白髪にピンク色のメッシュを入れ、部屋着とおぼしき明るい色あいのワンピースを着ている。

おそらく、自分の祖母よりも高齢だ。

老婦人は藍子に微笑みかけた。

「わたしは七十四歳のあなたよ」

その目には、慈しみの光が宿っている。こんなふうに、未来の自分は相手を包み込むように優しく微笑むことができるという事実も、藍子を戸惑わせた。

「見ての通り、あたしは歳をとっても美人だよ」

十三歳が言うと、七十四歳も続ける。

「それに、とても元気よ。長生きもできるわ。安心して」

しかし、この世に生を享《う》けてからたった十二年の藍子にとって、年老いた自分の姿は衝撃以外の何物でもなかった。目の前に現われた六十二年後の自分に対しても、変な愛想笑いを浮かべることしかできない。

そんな藍子の気持ちを、十三歳はもちろん、七十四歳も記憶に留めているのだろう。二人は顔を見あわせて、面白がるような笑みを交わした。

七十四歳は、さきほどまで愛しあっていた少女時代の自分たちに申し出た。

「わたしも仲間に入れてくださる？」

「もちろんです」

十三歳はこたえ、立ちあがって七十四歳の頬にキスをすると、彼女の部屋着のボタンを外しはじめた。

しおれた乳房と皺の寄った腹部が現われる。部屋着が足許に落ちると、七十四歳は最後の一枚を自分で脱いだ。

（これが未来のあたし……）

それは衝撃的な事実であり、しかし、未来を知る能力を得た今、受けとめなければならない現実でもあった。

時の流れは成長をうながし、成長はやがて老いとなる。人が歳を重ねるというのは、そういうことだ。藍子はそれを、たった十二歳で実感することになったのだった。

加えて、そう遠くないうちに自分はおのれの寿命を知ることになるのだと、藍子は気づいた。

自分はそのとき、正気でいられるのだろうか？　ふいに不安になる。

しかし、十五歳、十九歳、そしてこの十三歳の自分も、苦悩しているふうには見えない。

おのれの死期を知ったからこそ、彼らは生を楽しむことにひたむきなのではないか。

それに未来の自分たちは、きっと自分を支えてくれるだろう。そう確信したとき、藍子はフッと安堵することができたのだった。

十三歳は七十四歳を伴い、ベッドに戻った。そして藍子の手をとると、七十四歳の乳房へと導いた。

指先に柔らかな皮膚が触れた。温かい。六十年の時を経ると、自分もこうなるのだ。

ふいに心が優しい気持ちに満たされた。自分の命が愛おしかった。そして、年を経た肉体も。

藍子はゆっくりと、彼女の乳首を口に含んだ。

生は性から始まり、性は生から始まる。

七十四歳の自分が吐息をついたのがわかったとき、藍子の胸はいっぱいになったのだった。

愛玩少年

午後七時、二人で暮らす中野区鷺宮のマンションから、麗男《れお》は桐子《きりこ》を見送った。

桐子の職場は、四谷のネット番組制作会社だ。勤務時間は夜八時から朝四時まで。

今や世界は夜に支配されている。日付が変わるのは、午前零時ではなく真っ昼間の正午だ。

冷たい3LDKに、麗男は残された。いつものように、これから夕食をとり、その後は未明までネット上の仮想現実高校の授業を受けることになっている。

麗男はキッチンの戸棚からヒト缶を取り出し、中身を皿に移すと、リビングルームのテーブルに運んだ。猫用ペットフードの缶詰はネコ缶、犬用ペットフードの缶詰はイヌ缶、そして旧人類用のペットフードの缶詰がヒト缶。麗男の食事は大抵これだ。

ミートローフ風の味つけをされたそれは、ビタミンやミネラルが理想的なバランスで配合され、たった五十グラムで一食分のカロリーが摂取できる。

新人類の桐子は食事をしない。する必要がないからだ。彼女の食卓はベッドだ。

桐子は麗男を食い、生命を維持している。つまり、セックスによって若い彼の精気を吸い取って生きているわけだ。

食卓につく前に、麗男は生体掃除機のスイッチを入れた。フンフンと荒い息をしながら、掃除機は自動的に床を清めはじめる。

生体掃除機は、生物と機械のハイブリッドだ。

吸盤のついた湿った触手を底面にびっしりと生やし、側面にはピンク色の長い舌を一枚ずつ持つ、銀色の四角い箱。そいつは床を這い、塵や埃をきれいに舐め取る。

ふいに、麗男は身震いした。

昨日の昼、遮光カーテンを閉め切った寝室で、桐子は麗男にこの醜悪な機械で欲望を処理するよう命じたのだ。

麗男は躊躇《ちゆうちよ》した。おぞましさのあまり鳥肌を立て、生体掃除機を見つめるだけだった。

すると、桐子は彼を裸に剝《む》き、両手足を広げた格好でベッドに縛りつけた。麗男の心には許しを乞うだけの希望もなかった。彼にできるのは、絶望に顔をそむけながらも、責苦を待つことだけだった。

桐子は無表情のまま、スイッチを入れた生体掃除機の底を麗男のその部分に押しつけた。

うようよとうごめくイソギンチャクのような触手は、彼の若い果実にからみついた。小さな無数の吸盤が吸いついてくる。四枚の舌もその異物の正体を見極めようと、彼のものを執拗《しつよう》にねぶる。

生温かく濡れた感触に、麗男は肌を粟立《あわだ》たせ、悲鳴をあげた。なのに、その部分に熱い血液が集まるのを抑えられなかった。

硬く屹立《きつりつ》してしまったものを、触手と舌が嬲《なぶ》る。そうして、銀色のボディの中に吸い込もうとする。

快感を示し、彼の小さな乳首は硬くしこった。

自分の悲鳴に甘いあえぎが混じっていることに、麗男自身も気づいていた。

桐子は冷たい目で彼を見つめていた。日本人にしては頬骨が高く、印象的な三白眼と薄い唇を持つ桐子の容貌は、その表情ゆえにますます酷薄そうに見えた。

麗男は泣いた。ひどく惨めな気分だった。

彼が一途に求めているのは桐子の愛情、ただそれだけだ。彼女一人に愛情をそそいでもらえれば、もう、世の中のことなんてどうだってよかった。

なのに、彼女は愛してはくれない。何度肌を重ねても、無駄なことだった。せめて彼女が麗男の肉体に欲望を示してくれれば、少しは救われただろうに。

疲れを知らない生きる機械が与える刺激に追いつめられ、麗男は泣きそうな声で言った。

「桐子さんっ。もう、出ちゃうよ……」

彼女はすぐさま、生体掃除機のスイッチを切った。それから、事務的な手つきで彼の果実に潤滑剤を塗ると、彼に跨《また》がった。

桐子は意図的に、彼のものを締めつけた。耐えきれず、たちまち彼は放ってしまった。

こうして桐子は食事を終えたのだった。

麗男は十六歳。そして、二十代なかばにしか見えない桐子は、実は百二十六歳だ。彼女は不死者である。

古い言葉では吸血鬼と呼ばれていた桐子の種族は、地球上の全人口の半分を占めた時点で、新人類という呼称を得た。

彼らは食事ではなく吸血によって、エネルギーを摂取する。獲物の首に食らいつく、よく知られたあの方法で。

しかし、そのやり方では、吸血鬼――いや、新人類――に襲われた旧人類までが、新人類の仲間入りをしてしまう。新人類は生殖ではなく相手の首から血を吸うことで、増殖するのだった。

放っておけば、全人類が新人類と化してしまう。もちろんそれは、新人類にとっても憂慮すべき事態だ。

新人類は旧人類の存在なくしては生命を維持できない。旧人類は、新人類にとっていわば唯一のエネルギー源であり栄養源であるのだ。

しかし、幸いなことに、吸血以外で旧人類からエネルギーを摂取する方法を、すでに新人類は発見していた。

その方法とは、セックスだった。しかも、男性器と女性器の結合のみに限られる。同性間の交わりや、男女間のアナルセックスやオーラルセックスは、エネルギー摂取という点ではまったく無意味だった。

新人類は、野放図な吸血を禁じた。たとえばここ日本国では、厚生労働省の許可なくして行われた吸血は処罰の対象となる。

一方で、新人類が旧人類をエネルギー供給者として養うことは、奨励された。「新家族」と呼ばれるその関係は、一人の旧人類と、性行為によって彼もしくは彼女からエネルギーを摂取する一人または複数の異性の新人類から成る。

行政用語で「供給者」と名づけられた、新人類に養われる旧人類は、俗に「ペット」とも呼ばれている。口の悪い者は「家畜」だとまで言うが、現実を鑑《かんが》みればそれが最もふさわしい呼称かもしれない。

桐子は麗男の「保護者」だ。桐子は彼を養うのと引き換えに、彼から精気を摂取する。

だが、麗男は知っている。桐子は異性を愛せない女だ。

麗男が相手では、桐子の花は蜜をにじませない。だから、彼女は潤滑剤を使う。

また、それを迅速に終わらせるために、彼女は行為の前に麗男を性的な快楽でもって乱れさせるのが常だった。しかも、残酷な方法で。

生命を維持するために、桐子は麗男と交わる。彼女は麗男の肉体に決して欲情することはないし、彼を相手に快楽の園に到達することもない。

快楽に乱れ、しまいには精を放つ麗男を、桐子は冷たい研究者のような目で見つめることしかできない。

だからこそ、彼女は麗男を苛《さいな》む。彼を養い、慈《いつく》しみ、愛するように見せながら、彼を憎んでいるかのような行為に及ぶのだ。

しかし――。

「おまえが憎いわけではないのよ」

昨日、桐子は麗男の縛《いまし》めを解きながら、言った。

「おまえが旧人類の男で、わたしが新人類の女。そのことが、わたしは憎いの。わたしはおまえと交わらなくては生きていけない。そのことが腹立たしいの」

彼女のすらりとした指が、彼の手首の縛めの跡を撫でた。

「だけどわたしは、おまえが苦しんでいるのを見ると、ホッとするの。ああ、苦しいのはわたしだけじゃないんだ、って。ひどい女でしょう?」

麗男は首を横に振った。

桐子の手が、彼の股間《こかん》に伸びた。そっと包み込み、やんわりと転がすように愛撫してくる。

「苦しんでいる瞬間のおまえだけが、わたしを慰めてくれるの」

桐子の柔らかな唇が、彼の小さな乳首を吸った。

「だから、苦しんでちょうだい。わたしのために、もっと……」

耐えきれず、麗男は甘いうめきを洩らしていた――。

カチャリとノブの音がし、麗男は我に返った。生体掃除機が長い舌でドアを開け、麗男の部屋へと移動していったのだ。

目の前には、食べかけのヒト缶があった。

心を乱す桐子の残像から逃れようと、麗男は頭を振り、わびしい食事を再開した。

＊

午前五時。

すでにネット高校の授業を終え、缶詰一つの朝食も済ませている。

そろそろ桐子が帰宅する時刻だ。

新人類は日光に弱い。紫外線にあたると彼らの肌はただれ、火傷《やけど》の症状を示す。長時間にわたる日光浴は、死をもたらしさえもする。

夏には、桐子は紫外線防止のクリームを肌に塗ったうえ、黒いベールのついた帽子をかぶって出社し、そして帰宅する。冬が近く昼が短いこの季節でも、用心のため桐子はクリームとベールを携えている。

麗男は朝の光をさえぎるためにカーテンを引き、明かりをつけた。

電子本を朗読モードにし、ソファに身を横たえる。機械の本は、若い男の声で短編ミステリの朗読を始める。

いつの間にか麗男は眠りに落ち、断片的な夢を見ていた。夢の中の彼は、裏通りで子猫を模した機械ペットを拾い、旧人類向けの薄汚れた食堂でみずみずしい果物にかじりつき、新製品のヒト缶を見知らぬ老婆に売りつけられ、三年前に別れたきりの姉妹と共に飛行車の事故を目撃した。

やがて、人の話し声で目が覚めた。すでに電子本は朗読を終えていた。

ハッと身を起こした麗男の目に映ったのは、一人の少女だった。

彼女はなにも身につけてはいなかった。両腕を背中で括《くく》られ、猿轡《さるぐつわ》を嚙まされている。ほっそりとした青白い裸身は、床の上に物のように転がされているのだった。

歳の頃は十三、四か。麗男の知らない少女だ。

その幼さの残る肉体を支配するかのように、一人の男がかたわらに立っていた。桐子の友人、雅衣《がい》だ。

目が合った。雅衣は麗男の反応を楽しむように、薄笑いを浮かべた。

いつでもふざけ半分に見える態度の下に厭世《えんせい》観を隠す彼が、麗男は苦手だった。

よく見ると、少女は小刻みに震えていた。麗男と目を合わせようとはしない。

絹糸のように細く艶《つや》やかな茶色がかった長い髪が、床に流れて広がっている。

麗男は戸惑い、室内に目を走らせた。桐子はキッチンカウンターの向こうでグラスを手にしている。飲み物の準備をしているらしい。

雅衣は桐子と同じく新人類だ。この少女は彼のペットなのだろうか。以前、彼が連れ歩いていたペットとは別人だが。

雅衣は麗男に言った。

「ぼくの新しいパートナーだよ。名前はタミだ」

パートナー――雅衣はペットをそう呼ぶ。皮肉を込めて。

「この子はつい先週まで野良だったから、しつけもできてないんだ」

傲慢な新人類たちはペット以外の旧人類を「野良」と呼んでいる。

タミにも家族があり、貧しいながらも互いの身を思いやりながら生活を営んでいたはずだ。

旧人類の寿命は短い。百年にも満たない。そして、現在の税制では、彼らが一生かけて築いた財産を子孫に遺すことは不可能だ。

よって、旧人類は一様に貧しい。彼らの多くは、西新宿や渋谷などに代表されるスラム街――正式名称は「旧人類居住区」――の古ビルにひしめいて生きている。

麗男もかつては野良だった。両親と姉と妹と弟の六人家族だった。三年前、子供たちの中で一番器量のよい麗男が売られた。生活のためだった。

やにわに雅衣は、タミの足首をつかんだ。まるで野生の小鳥を二羽同時に捕えるような、慎重で素早い動作だった。

タミは驚き、猿轡を噛まされたまま悲鳴をあげた。

雅衣は困惑の混じった笑顔を見せた。おてんばな娘に苦笑する大人の反応にも似ていた。

雅衣は陽気な男だ。無口で冷ややかな桐子とは正反対ではあるが、本当に残酷なのは、桐子ではなく雅衣だった。

無理に開かせようとする者と、必死に閉じようとする者の攻防は、しばらく続いた。

雅衣が力を出しきらずその状況を楽しんでいるのは、明らかだった。新人類の腕力は旧人類のそれとくらべると極めて強い。ましてや、対するタミはかよわい少女なのである。

やがて、タミは敗北した。太股《ふともも》とふくらはぎがきっちりくっつくほど両脚を曲げたまま左右に大きく割られ、あおむけに押さえつけられたのだ。

ミルク色の太股の内側の奥は繊毛《せんもう》に保護され、その下からは美しい紅色の襞《ひだ》が透けている。後方のピンク色の蕾《つぼみ》までが、灯下に晒《さら》された。

屈辱的なポーズを強いられた彼女は、声を立てずに泣いている。

その光景に、麗男は性的な興奮をおぼえはしたが、それだけだった。タミに対する同情や雅衣に対する反感や畏《おそ》れなどはこれっぽっちも湧いてこない。自分が興奮しているという事実にさえ、彼は無感動だった。

麗男自身が散々、桐子と雅衣には性的に弄《もてあそ》ばれ、それは日常と呼んでもさしつかえないほどだったのである。

「麗男」

雅衣に呼ばれた。

もう一度、麗男は桐子を見た。彼女は関心ないとでも言いたげな様子で、自分と雅衣のために目の前のテーブルにワイングラスを並べている。

彼らは酒に酔うことはない。それでも、味を楽しむことはできる。

桐子が雅衣を思いとどまらせてくれるという望みはなさそうだ。仕方なく、麗男は雅衣に目を戻した。

「あそこにあるぼくの鞄を開けてくれ。中に黒革のベルトがある。それを取り出してくれないか」

雅衣は楽しそうに指示を出す。今の彼は新しい玩具を手にしたばかりの子供と同じだ。

麗男は彼の言葉に従った。

仕事関係の書類やディスクと共にそこに収められていたのは、奇妙な形状のベルトだった。

三つの小さな革の環《わ》が、同色のベルトで一列につながれている。革の環にはバックルがついており、それ自体が開閉可能なベルトだとわかる。

雅衣は麗男に指示を出す。その真ん中の環をタミの首に装着し、両側の環で彼女の曲げた両膝《ひざ》を留めるように、と。麗男は従った。

雅衣がタミの両足首を離したときには、すでに彼女はそのあられもない姿勢のまま固定されていた。

麗男のものは下着の中で変化を示していた。それをだれにも覚《さと》られまいと、麗男はさりげなく体の向きを変えた。

動くな、と雅衣に命令されたのは、その直後だった。

次に雅衣は麗男に、服をすべて脱ぐようにと命じた。

麗男は観念した。おもちゃにされるのは、タミだけではなかったのだ。

屹立している麗男のものを目にし、雅衣は満足したような表情を見せた。

「両手を後ろにまわして」

雅衣は優しく続けた。それは命令だ。

そして雅衣は、今度は革紐で麗男の両手首を縛ったのだった。

桐子は赤ワインをグラスにそそいでいる。

助けを求めるように彼女を見やったが、反対に冷たく一瞥《いちべつ》されただけだった。

色素が薄い彼女の茶色い目は語っていた——口ごたえしたいのなら、聞いてあげるわ。

ただし、それでわたしの心を動かせるなどと、うぬぼれないことね。

ほんの二ヵ月ほど前にも、桐子にこんな目で見られたことがあった。

あのとき、麗男の楔《くさび》は桐子の花に埋もれていた。同時に、麗男の後方の蕾は雅衣の楔を穿《うが》たれていた。

桐子の寝室で、梁《はり》を模した天井の装飾に麗男は両手首を括った縄を結びつけられ、膝立ちの姿勢で二人に犯されたのである。

麗男のすがりつくような目を、桐子は冷たい視線で退けたものだった。そして、自分の男友達に犯される麗男の苦痛にゆがむ顔をながめながら、桐子は彼から精気を吸い取ったのである。

そして今日もまた、桐子は雅衣が麗男の体をおもちゃにすることを許したのだ。

雅衣はまるで親愛の情を示すように、麗男の肩に腕をまわし、顔を近づけて言った。

「タミはまだ、十四なんだ。男に対する恐怖心もある」

雅衣の指に乳首をつままれ、麗男は思わず声をあげそうになる。

「でも、優しい男だって世の中にはたくさんいる。それをきみがタミに教えてやってくれないかな。ぼくでは、だめなんだ。すでにタミをさんざんいじめてしまったからね」

雅衣の声は笑いを含んでいる。残酷な者ほど、美しい微笑みを浮かべる。

彼の手が麗男の裸の背に触れた。涼やかなテノールが「さあ」とうながす。

「きみのかわいい唇と舌で、タミをかわいがってやってくれ」

麗男を手助けするつもりか、雅衣はタミの脚を押さえる。

麗男は命じられるままに、彼女の大きく割られた両脚の間に膝をついた。

目の前に、まだ幼い花弁があった。ピタリと閉じあわされ、震えている。

タミは猿轡の奥で悲鳴をあげつづける。

麗男は顔を上げた。タミと目が合った。おびえた子鹿のような目で彼を見つめながら、許しを乞うように彼女は首を横に振った。

この状況下、自分だけが強制を受けているかのような彼女の様子に、麗男の心には怒りに近い感情が広がる。自分だって、好んでこんな卑劣な行為に及ぼうとしているわけではない。

異国の神に祈るように、麗男は頭《こうべ》を深く垂れた。

紅色の肉の襞が、そこにあった。

麗男はタミにもわかるように、わざとクンクンと鼻を鳴らして匂いを嗅いでやった。酸味の混じったミルクのような香りがした。

すすり泣きの間に、タミはなにごとかをうめいた。恨みごとのようにも、許しを乞うているようにも聞こえた。

どちらにしろ、それは麗男の心に湧いた意地悪な気分を煽《あお》るには効果があった。彼は、まだ芽吹いてはいない小さな種子を鼻の先で突いてやった。

すすり泣きに悲鳴が重なる。

後方から前方に向かって、麗男はタミの花弁を舌でなぞった。ゆっくりと、繰り返す。花弁は桐子のものよりも薄く柔らかいが、外気に晒されている部分はひとまわり大きかった。乾ききっているそれは、麗男の唾液に濡れて光った。

両脚を大きく左右に開かれているというのに、タミのその部分はかたくなに閉じている。麗男は舌先で、真ん中のあたりをこじ開けた。タミの悲鳴が高まる。

左右に割られたそこに道筋をつけるかのように舌を滑らせる。次に、花弁を唇ではさみ、引く。外側の肉の境目に舌をさし込む。種子を舌先で突き、そっと吸う。

一瞬、タミの悲鳴に甘い鼻声が混じった。麗男は彼女の快楽の中心を発見した。それは、前方の小さな種子だった。今度は、そこだけを攻める。

タミはあっけなく陥落した。種子はほんのりと芽吹き、花弁の間からはたちまち蜜がにじんできたのである。

顔を上げると、硬く勃《た》っているピンク色の乳首が確認できた。

甘える子犬のようなうめきに、悔しげな響きが混じる。

ふたたびタミの股間に顔をうずめ、懸命に舌と唇を使いはじめた麗男に、雅衣は伝えた。

「タミはイヤイヤをしているよ。きみのやり方がよっぽどいいらしい。かまうことはない。続けたまえ」

タミの泣き声はさらに悲痛な色を帯びる。花弁は意志とは関係ない器官であるかのようにヒクヒクとうごめく。蜜は流れ、後方の蕾までも濡らしてゆく。

やがて、悲鳴は断続的になってきた。それに合わせて、肉体も一定のリズムを刻んで震える。

麗男はタミを追い込むように、種子を舌先で転がした。

「うっ……うんっ……！」

タミが拘束された裸身をのけぞらせたのが、麗男にもわかった。ヒクッヒクッと二度大きく痙攣《けいれん》し、彼女の体から力が抜ける。

麗男は身を起こした。彼の唇もまた、タミの蜜で濡れていた。

目の前には、開脚に拘束されたまままぐったりとしている少女の姿があった。白い裸身にうっすらと汗がにじんでいる。

麗男の下腹部の塊は、はち切れんばかりになっていた。

彼はすがりつくように、桐子を見た。

椅子に掛けている彼女の手には、血の色の酒の入ったグラスがある。

彼女は目をそらしはしなかった。まっすぐ麗男を見返す。沼のように静かな目で。

雅衣が面白がるように、桐子に言った。

「早く。麗男が出してしまうよ。もったいない」

桐子は立ちあがる。揺れる柳のようになめらかな動きだ。スカートをまくり、ガーターベルトで留められたストッキングはそのままに、ショーツだけを脱ぐ。

そして、チューブ入りの潤滑剤を手にとると、他の者の目を意識する様子もなく、それをスカートの下に隠れている部分に塗り込んだのだった。

彼女はつかつかと歩みを進めると、麗男の前で止まり、なんの躊躇もなく彼に跨った。

潤滑剤にまみれた部分が、麗男を咥《くわ》え込む。

「ああっ」

後ろ手に縛られたまま、麗男はのけぞった。

桐子が腰を動かした。肉の壁が彼の楔を締めつける。

耐えきれず、麗男は放った。解放感をともなう快感に、彼は身を震わせた。

桐子は無言のままゆっくりと立ちあがった。麗男のものは茂みの中にしんなりと横たわった。

桐子はティッシュペーパーをとると、麗男が放ったもので濡れた股間を拭った。事務的な手つきだった。

ティッシュをゴミ箱に捨てると、桐子はタミの猿轡と拘束具を外し、手首の縛めも解いてやった。

タミはしゃくりあげていた。おびえた目で桐子を見あげる。

「立てる？」

桐子の問いに、タミはおずおずとうなずき、立ちあがろうとした。しかし、手足が痺れていたのか、たちまち床に膝をついてしまう。

桐子は軽々とタミを抱きあげた。

一瞬、タミはビクッと身を震わせたが、そのままおとなしく桐子に身をまかせた。

桐子はバスルームに向かった。

縛めも解かれぬまま残された麗男に、雅衣は確認するように言った。

「本当に辛いのは、弄ばれることよりも、無視されることだろう？」

雅衣は麗男の心の傷を舐めるのが好きだ。傷を癒すためではなく、痛みの味を確認するために。

麗男はうなずいた。視界が涙でにじんだ。

雅衣は麗男の髪を撫で、そして、手首の革紐を解いてくれた。

時折、雅衣はやけに優しくなる。どこまでも気まぐれな男だった。

＊

午後八時半。

心地よい眠りに身をゆだねている最中に、体を揺さぶられた。

「ねえ、起きて」

少女の声に、ハッとする。これはだれだ？

「もう夜だよ。桐子は出かけちゃったよ」

ああ、そうか、と気づく。これはタミだ。

麗男はベッドの上でもがくように寝返りを打った。眠りの余韻から抜け出すことができない。

「もうちょっと寝かせて……」

「あたし、おなかすいてるの。あの缶詰はどこにあるの？　あたし、焼き鳥の味がするやつがいい」

「ああ、もう……うるさいなぁ、ガキは。ぼくは大人のお務めをして、疲れてるんだ」

言ったとたんに枕を奪われ、それを顔に叩きつけられた。無論、全然痛くはないが。

「なにが大人のお務めよ！　あたし、あんたにされたこと、絶対に忘れないからね！」

ぼくだって、好きでおまえにご奉仕したわけじゃない――そう言いたいのを、グッとこらえる。ここでわざわざタミの心の傷を開くこともなかろう。

麗男は夕食を用意するために、しぶしぶ起きた。

あの日、雅衣は十日間の約束で、タミを桐子のマンションに残していったのだった。

「この野良猫はなかなか人に慣れなくてね」

タミのことを、雅衣は桐子にそう話した。

「ただ、幸い、きみには慣れてくれそうだ。ぼくたちが鬼でも化け物でもないっていうことを、この子によく教えておいてくれ」

タミがいない間、雅衣は旧人類の娼婦から精気を吸うつもりらしかった。実際、夜が支配するこの世界では、娼館は飲食店の扱いである。

雅衣の目論見通り、タミはたちまち桐子になつき、そのうえ麗男に憎まれ口を叩くほどになった。多少、その態度に虚勢という一面があるにしろ。

あの日、自由を奪われ言葉も封じられた姿で麗男の前に放り出されていたタミは、意外なことに、口が達者で陽気な性格の持ち主だったのだ。雅衣をてこずらせたのも、おびえゆえではなく、気の強さに由来する反発であったようだ。

そのくせ、相手によっては簡単に心を開いてしまう。彼女は強情だが単純だ。

今、タミは桐子のことも麗男のことも呼び捨てにしている。そうしたうえで、友達のように接する。

麗男は思う。タミは自分とは正反対の性格だ。

自分は桐子と似ている。感情を表わそうとしないこと。そうする術《すべ》さえも忘れてしまったかのように、表情が仮面のように凍りついていること。

けれども、凍てついた川面の下にも水が流れているのと同様、麗男も桐子も心まで凍りついているわけではなかった。心には濁流にも似た様々な感情が流れ、渦を巻いている。

タミは陽光だ。まっすぐで、翳《かげ》りがない。凍りついた川をも溶かしてしまう。

だからこそ、麗男はタミを警戒した。タミのほうもまた、そんな麗男の心情を感じ取っているらしく、かたくなな彼をからかうような態度を度々見せる。

麗男はタミが嫌いではない。むしろ彼女のように裏表のない人間には、好感をいだくほうだ。

けれども、自分と桐子の生活をタミに壊されそうな予感がして、不安でならない。

そのため、麗男は心の底では、タミが雅衣の許に帰される日を待ち遠しく思っていたのだった。

キッチンで麗男はひそかにため息をついた。なんとなく、自分のことが嫌いになりそうだった。

＊

翌日の午後二時過ぎ、喉の渇きをおぼえ、麗男は目覚めた。キッチンに水を飲みにいこうと、自室のドアを開けたところで、リビングルームの明かりがついていることに気づいた。

ドアにはめられたガラス越しに、そっと室内をうかがってみる。

カーペットの上に、桐子とタミがいた。

桐子はゆったりと足をくずして座り、タミは桐子の膝を枕に横になっている。タミの長い髪を桐子はゆっくりと撫でている。

桐子の唇には、麗男には見せたこともない優しい微笑みが刻まれていた。

二人の間に会話はなかった。会話など必要ないように見えた。

桐子とタミの二人の心が溶けあっているのが、麗男にはわかった。愛情、慈しみ、尊敬、共感、同情……そんな感情が、二人の心の交流をうながし、支えている。

そっと立ち去ろうとして、麗男は自分の脚がガクガク震えているのに気づいた。

ひどい侮辱を受けたように、心が傷ついていた。その感情が嫉妬だとわかったのは、自室に戻ってからだった。

麗男と桐子の間には、肉体の接触がある。しかし、彼はタミのように桐子の心を溶かすことは決してできなかった。

肉体の交わりなどなくとも、タミは桐子の心から豊かな感情を引き出した。

麗男はタミに憎しみを感じた。そして、その憎しみがまた、彼自身に惨めな気分を味わわせた。

この気持ちを態度に出すまい、と麗男は自分の心に誓った。

あと何日かの辛抱だ。一週間もしないうちに、タミは雅衣に連れ戻される。

そして、自分はタミという少女に嫉妬したことなど、すぐに忘れてしまうにちがいないのだから。

＊

桐子が出社したあと、麗男とタミは二人でヒト缶の夕食をとる。

それから、麗男はネット高校の授業を、タミはネット中学の授業を受ける。零時過ぎになったら、今度は夜食をとる。授業が終わるのは午前二時だ。

そして午前三時過ぎ。リビングルームでくつろいでいるときに、いきなりタミは麗男に言ったのだ。

「あんたは、かわいそうな人だわ」

「どうして？」

「性的なおもちゃにされていることに、なんの疑問も持たない。新家族は現代の奴隷制度よ。あたしたち供給者は、体《てい》のいい奴隷なの」

「じゃあ、ぼくたちはどうすればいいんだよ？　自分の保護者に『愛してくれ』と言えとでも？」

愛してくれと言うだけで、本当に愛してもらえるのであれば、なにも苦労はしない――そう続けようとして、麗男はハッとした。おのれの心情をタミに吐露《とろ》して、どうする？

彼の心の揺れに気づくことはなく、タミはこたえる。

「問題は愛じゃないわ。わたしたち供給者が、労働に見合った報酬を得てないっていうことよ」

「労働、か……」

麗男は思わずつぶやいていた。

新人類との性行為をそのようにとらえているからこそ、タミは売られて早々あのような仕打ちを受けてもプライドを保ち、堂々としていられるのだろう。

一方、麗男は、桐子の供給者になった十三歳の頃とくらべると性行為が日常の一部と化した分、羞恥心が麻痺しているということだけは、自分でも感じている。プライドはといえば、そんなものは最初から持ちあわせてはいなかった。彼は桐子に買われた日から、美しい彼女を崇拝し、彼女に愛されたいと願うばかりだったのだ。

現在、旧人類居住区では、旧人類解放運動のグループが支持を集めつつあるという。

彼ら旧人類の活動家は、新家族制度に反対し、それを雇用関係に改めるようにと訴えている。つまり、新人類と旧人類の性交を、旧人類の労働として認めて、新人類に賃金を支払わせようというわけだ。

　よって、彼らの運動では、新人類のための娼館は問題とされてはいない。旧人類である娼婦や男娼は、客の新人類から報酬を得ているからだ。問題は、麗男やタミのような、供給者という名の奴隷なのである。

　タミは明らかに、旧人類解放思想の影響を受けていた。

　しかし、麗男にとって、そのような運動は遠い世界の出来事でしかなかった。

　彼はタミに言った。

「でも、ぼくはこのままでいいよ」

　麗男にしてみれば、桐子のそばにいられればそれで充分なのだった。

「愚かな人！」

　タミは言い捨てた。ただし、本当に麗男を軽蔑しているというよりは、単に彼の同意が得られずすねているだけのように聞こえた。

　麗男は訊いてみた。

「タミは雅衣さんが嫌いなの？」

「好き嫌いの問題じゃないわ。あの人はあたしの地位を貶《おとし》める存在。あたしの人権を踏みにじった張本人。あたしにとっては、許してはいけない存在なの」

「じゃあ、桐子さんは？」

「彼女はあたしとはなんの関係もないわ」

それは「好きだ」とこたえるのを回避するための返答ではないかと麗男は勘繰り、言った。

「でも、桐子さんはぼくの保護者だ。彼女はぼくという供給者を利用している。つまり、彼女はぼくという旧人類の地位を貶めて、人権を踏みにじっているわけだろう？　タミは桐子さんを許せるの？」

タミは数秒の間、黙り込んだ。とっさにこたえることができなかったのは間違いなかった。

そして、彼女は冷ややかな口調でこたえた。

「あんたが桐子のことを許すのなら、あたしがとやかく言うことはできないわよ」

さっきからとやかく言っているくせに、と麗男は思ったが、口にはしなかった。強情なタミを言い負かすことは極めて困難だと、麗男はすでに覚っていたのだった。

＊

朝食の準備のため、麗男はキッチンに向かった。

桐子が帰宅する前に麗男は朝食を済ませる習慣になっている。

麗男は皿に移したヒト缶とフォークを二人分ずつ盆に載せて、リビングに運んだ。

「タミ、朝ご飯だよ」

「ありがとう」

タミは素直に食卓についた。

味気ない食事を終え、時計を見たら四時半をまわっていた。麗男はあわてた。

「タミ、悪いけど、食器を洗っておいて。ぼくは桐子さんが帰ってくる前にシャワーを浴びておかなくちゃいけないんだ」

もちろんそれは、供給者としての身づくろいだった。

麗男は自室に下着と室内着の着替えを取りにゆき、バスルームに向かった。

熱いシャワーを浴び、きれいな服に着替え、バスタオルで髪を拭きながらリビングルームに戻る。

幸い、桐子はまだ帰宅してはいなかったが、二人分の食器はそのままだった。タミは片づけてくれなかったのだ。

麗男はたしなめるように言った。

「タミ、少しは働いて」

「確かにあんたはよく働いてるわ。あたしが眠ったあとも、桐子の寝室で」

「なにが言いたいんだよ。八つ当たりはやめてくれ」

タミの憎まれ口を無視し、麗男は食器をキッチンのシンクに運んだ。

三日後には、タミは雅衣の許に戻らなくてはならない。そのことを思い出すたびに、彼女は不機嫌になるらしい。

「八つ当たりじゃないわ！」

カウンター越しに、タミは声を張りあげる。

彼女に対抗してヒステリックな態度を示すなんて、ごめんだ。麗男は二枚の皿と二本のフォークを洗ってから、リビングルームに戻り、タミに言った。

「八つ当たりじゃなければ、なんなんだ？　嫉妬か？」

タミの顔がサッと紅潮した。

「なによ！　単なる食糧のくせに！」

その言葉に、麗男は傷ついた。

けれども、傷ついた顔など見せるわけにはいかなかった。傷つくというのは、タミの言葉を認めたということでもある。

麗男はわざと冷静な口調でタミに言い返した。

「食糧で充分だよ、この役立たず。少しも桐子さんに必要とされてないおまえと違って、ぼくは大切にされている」

「でも、あたしは桐子に愛されてるわ！　あんたなんかより、ずっと！」

タミの率直すぎる主張は、麗男の心を切り裂いた。

確かにタミは桐子に愛されている。その点では、自分は単なる邪魔者だ。

さらに麗男は、先日見た光景を思い出した。

街が寝静まった昼間、桐子はリビングルームのカーペットの上でタミに膝枕をしてやり、彼女の髪を撫でていた。麗男にできたのは、見て見ぬふりをすることだけだった。

全身から血の気が引いてゆくのを感じながらも、麗男は言った。

「なんとでも言えばいい。おまえが桐子さんにとって必要のない人間だってことは、変えようのない事実だ」

言い返す代わりに、タミは何事かをわめきながら、麗男に飛びかかってきた。まるで猫の子だ。

タミの身長は麗男の顎《あご》のあたりまでしかない。それに、性格とは裏腹に、ほっそりとはかなげな体つきをしている。

麗男は彼女の両腕をつかみ、最初の一撃を難なく封じた。

しかし、タミはすかさず麗男の向こう脛《ずね》を蹴ってきた。

その痛みに思わず膝を折りかけたが、そのままタミを床に押し倒し、動きを封じてやる。

痛みの余韻は麗男の怒りを誘発した。

タミはもがき、粗暴な子供のように叫ぶ。

「畜生！　離せっ！」

しかし、麗男が腹のあたりに体重をかけてやると、彼女は苦しげな声をあげ、たちまち抵抗も萎《な》えた。

ふいに麗男は、ひどく意地悪な気持ちになった。

彼は不穏な口調でタミに告げた。

「おまえは女だ。おまえの相手は男で、男の相手はおまえなんだ。それを教えてやろうか？」

子鹿のように細い彼女の脚の間に、自分の両膝を割り込ませ、太股のほうへと移動させてやる。柔らかな伸縮性のある生地で作られたオレンジ色のワンピースがめくれてゆく。タミを脅して、思い知らせてやるつもりだった。

しかし、この脅しになんの意味があるだろう。いっそのことタミに優しく接し、自分に惹きつけ、桐子から遠ざけてやろうと目論むほうが、よほど建設的だろう。

しかし、麗男はそんな狡猾《こうかつ》さも知恵も持ちあわせてはいなかった。だだをこね、自分の要求を押し通そうとする子供のように、麗男はタミにむしゃぶりつくことしかできないのだった。そして、それはタミも同様だった。

唐突にタミが抵抗を試みた。

不意を突かれ、とらえていた彼女の右手を逃してしまった。

タミの手が小鳥の翼のように舞った。

ふたたび彼女の手首をとらえたときには、麗男は左目のすぐ下を引っかかれていた。チリチリと痛み、血がにじんでくるのがわかった。

彼女は目を狙ったのだと、麗男は確信した。少し考えれば、そこまでタミは残酷ではないと、すぐに気づくはずだったが、そんな余裕すら麗男は失っていた。

怒りで頭の中がカッと熱くなった。

右前方の床に、洗濯籠があった。乾燥機から取り出した洗濯物を突っ込み、そのままにしていたのだ。

麗男は手を伸ばし、籠をひっくり返した。そして、衣類の山の中から、桐子のストッキングを取ると、タミの手首を彼女の頭の上で括った。

タミは麗男を口汚く罵《ののし》った。

言い返す代わりに、麗男は桐子のキャミソールをタミの口に押し込み、声を封じた。

タミは潤んだ目に怒りをたたえ、麗男をにらみつけていた。そのとき、彼女の目におびえの色もあることに気づけば、麗男も少しは落ちつくことができたかもしれない。しかし、彼が読み取ったのは、怒りのみだった。

麗男は薄笑いさえ浮かべながら、タミに言った。

「おまえの自由を奪っているのは、桐子さんが身につけているものだよ」

麗男は彼女のワンピースを臍《へそ》のあたりまでまくりあげた。

白いショーツに透けて見える淡い翳りを、指先でなぞる。

タミは許しを乞うような様子は決して見せはしなかったものの、その澄んだ目には涙が盛りあがった。

いきなり、麗男は彼女の下着の中に右手をさし入れ、乱暴にしかし確実に彼女の花弁を大きく開いた。

タミはギュッと目を閉じ、くぐもった悲鳴をあげた。ほっそりとした体が抵抗を示す。目尻から涙がこぼれ落ちる。全身が大きく痙攣した。

次の瞬間、フッと抵抗が消えた。

麗男はタミの顔を見た。彼女はぐったりと目を閉じている。最初、それを麗男はタミの策略ではないかと疑った。

しかし、手首の縛めを解いてやっても、タミは動かなかった。

死という一文字が心に浮かび、心臓は痛いほど高鳴った。たちまち不安がズキンズキンと全身に響きはじめる。

あわてて、彼女の口を封じていた布を引きずり出す。手がブルブル震えた。

タミの蒼ざめた頬は、涙で濡れている。

彼女の呼吸を確認したとき、麗男はホッと安堵《あんど》のため息をついた。

そして、タミに対する自分の仕打ちを心から後悔し、恥じたのだった。

＊

時計は正午を示そうとしている。麗男は遮光カーテンを引いた桐子の寝室にいた。

桐子のベッドはよい香りがする。陽の匂いだ、と麗男は思う。百年もの間、桐子は陽光を避けて生きてきたというのに。

「明日、雅衣がタミを迎えにくるわ」

桐子は麗男の髪を撫でながら言った。

「だから、教えて。おとといのけんかの原因は、なんだったの？」

「ぼくの口からは言えないよ。タミに訊いて」

「タミも同じことを言うのよ。麗男に訊いてくれって」

それ以上、桐子は追及しなかった。

麗男としても、タミが雅衣の許に戻されるというのに桐子に対する彼女の思いを明らかにしたところでなにになるのだろう、と思っている。人と人の関わりあいにおいては、伏せておいたほうがよいこともある。

「もう、部屋に戻るよ」

麗男は逃げるように、ベッドを降りた。

床に脱ぎ捨てていたパジャマと下着を手に、そのまま裸で部屋の外に出ようとしたところで、桐子に言われた。

「ちゃんと服を着て。タミがいるっていうこと、忘れないで」

麗男がこたえる前に、ドアがノックされた。

「桐子、起きてる？」

ドアの向こうからのタミの問いに、桐子もまた問い返す。

「どうしたの？」

「あたしも入れて」

かぼそい声で、タミは言った。

「あたしだけ仲間外れにしないで。これが最後の昼なのよ」

「入りなさい」

ため息混じりに、桐子はこたえる。その口調からは、彼女が少女の気まぐれに振りまわされるのはごめんだと感じていることが、よくわかった。

麗男はパジャマを着ようとしたが、この状況でタミにそこまで気を遣うこともないかと思い直した。

遠慮がちにドアが開いた。

裸の桐子と麗男を前に、タミは一瞬、戸惑ったような表情を見せた。

タミは白いコットンのネグリジェを着ていた。雅衣が彼女に買い与えたものだ。

彼女の手には、灰色の紙袋がある。

数歩、部屋に入り、タミは立ち止まって言った。

「ねえ、桐子。あたしにも、麗男を抱かせて」

桐子が麗男に目を移した。問うでもなく、責めるでもなく、単に麗男の反応を確認しようとする目だった。

麗男は戸惑い、桐子とタミの間に視線を漂わせた。

タミは彼に訊いた。

「ねえ、麗男。おととい、あんたがあたしに荒っぽいことをした理由、桐子に話した？」

「いや」

「じゃあ、あたしがここで話してもいい？」

「ああ」

「別にあんたのことを言いつけるわけじゃないわ。単なる説明よ」

「わかってるよ」

タミは歩み寄り、ベッドの端に腰かけた。灰色の紙袋を膝の上に置く。

彼女に手招きされ、麗男もパジャマを手にベッドに掛けた。

「あの日、あたしは麗男に言ったの。桐子に愛されているのはあんたじゃなくてあたしだ、って」

桐子の唇の端が、かすかに上がった。苦笑したらしい。

「そうしたら、麗男はあたしに言い返したの。おまえは女なんだから、おまえの相手は男だ、って。それから取っ組み合いになって、麗男に乱暴されかけて、あたしは恐ろしくて気絶してしまったの」

まるで他人事のように、タミは笑ってみせる。彼女の内のなにかが変わったように見えた。

「昨日はあたし、雅衣に電話して、麗男にされたことを伝えたの。雅衣があたしのために心を痛めて優しい言葉で慰めてくれるんじゃないかって期待して。だけど、やっぱり雅衣は面白がるだけだったわ。彼は言ったの。おまえが麗男を抱けばいい、って。そうして麗男に思い知らせてやれ、って」

タミは手にしていた紙袋を逆さにした。ベッドの上には、おだやかならぬ品物が散乱した。手錠、張形《ディルド》、ビキニ型のラバー・パンツ、球型の猿轡《ボール・ギャグ》。

「これ、雅衣が届けてくれたの。これで麗男をこらしめてやれ、って」

唇の端がキュッと上がる。復讐方法を知った子供の笑顔だった。

「使ってもいい、桐子？」

「ええ。好きなようにしなさい」

桐子は言った。

その口調に笑いが含まれていることに気づいた瞬間、麗男は完全に観念した。

タミは麗男を全裸のまま後ろ手に拘束し、ボール・ギャグを噛ませた。自分が麗男の前に現われたときと同様、手の自由と言葉を封じられた姿にさせる。

タミも身につけていたものをすべて脱ぎ捨てると、ラバー・パンツだけを穿《は》いた。その小さな衣装の真正面の窪みに、ディルドをはめる。タミは美しい両性具有者になった。

そして彼女は麗男にうつぶせの姿勢をとらせた。

「ほら、お尻を上げなさい。物欲しげに」

ピシャリと、尻を叩かれた。

胸で体を支えるようにして、なんとかその姿勢をとる。

後方の蕾にヒヤリとした感触があった。迎え入れる準備のために、潤滑剤を塗られたのだ。

冷たい塊があてがわれた。見なくてもわかった。ディルドだ。

「力を抜きなさい」

押し広げられる感覚に麗男は狼狽《ろうばい》し、声をあげた。ギャグに邪魔され、その声はひどく惨めったらしく響いた。

深く穿たれてから、いきなり大きく動かされた。内側をこすられ、かきまわされる痛みに、麗男は悲鳴をあげた。涙がにじむ。逃れようとしたが、タミに腰をとらえられ、引き戻された。

「だめよ、タミ。乱暴しては、麗男が壊れてしまうわ」

優しくたしなめる桐子の声には、やはり笑いが含まれている。

そんな彼女の残酷さに、麗男の心は甘く締めつけられた。とっくの昔に、汚辱感にさえ反応する体にされていたのである。

自分がすすり泣いていることに気づき、ますます麗男は欲情した。彼の果実は張りつめ、先端からは蜜をしたたらせる。

「最初は優しく、小さく振動させるように刺激してあげなさい」

タミは言われた通りにする。

排泄の感覚にも似た快感が広がり、ますます惨めな思いは高まる。

「タミ、麗男の一番かわいい部分をさわってあげて」

背後から、タミの手が股間に伸びてきた。その部分の状態を確認したタミは、麗男に与える屈辱を計算しているかのように、耳許《もと》でクスッと笑う。

「麗男ったら、ここをこんなにして……。手錠をかけられて、女の子にお尻を犯されているのに……。でも、あんたは本当は、こうされるのが好きなのよねぇ？」

深くまで咥え込まされ、動くことができない。串刺しにされた獲物のようだ。

少女の右手が麗男の果実をしごき、左手の指先は乳首を転がす。

彼のうめきに切なげな響きが混じったのに気づいたらしく、桐子は言った。

「まだ、出しちゃだめよ、麗男。出したら、おしおきよ。夜になるまでタミにお尻を責めさせるから」

その厳しい言葉さえも、快楽の頂《いただき》に向かって麗男の背を押す。

麗男はくぐもった泣き声をあげた。許してください、と言葉にならない声で繰り返した。

女たちはクスクス笑いあっている。泣いているのは麗男一人だった。

ついに耐えきれなくなり、彼は放った。それは、女たちに受けとめられることはなく、虚しくシーツを濡らした。

彼の後方をなおも激しく責めようとするタミを、桐子は止めた。

「もう、いいわ。おまえはよくやったわ」

麗男の尻に模造ペニスを深く食い込ませているタミに、優しくキスする。

タミはディルドを麗男の内部に残し、ラバー・パンツを脱ぎ捨てた。

二人の女は互いの肉体に快楽を与えはじめた。相手の白い肌の上に指を滑らせ、唇を押しつける。なめらかな舞踏のように、タミと桐子は愛しあった。

麗男は自分が放った精液の上に横たわったまま、その光景をぼんやりと見つめていた。

手錠も猿轡もそのままで、後方には深くディルドを穿たれている。

とてつもない疲労が、彼をベッドに押しつけていた。

最初、タミの太股の内側を愛撫していた桐子の指は、ゆっくりと奥の柔らかな部分に移動し、やがて紅色の花弁を開いた。

「あっ。ああっ……」

タミの口から、愛らしい声が洩れる。

麗男相手に乱暴に腰を動かすだけだったタミは、今ではとろけてゆっくりと流れるバターのような動きを見せている。

麗男の肉体はひどく消耗していた。

時折、ディルドや猿轡の異物感が、フッと消える瞬間があった。それは、眠りの中に一歩入った瞬間だった。

タミの声が遠く聞こえる。

「桐子……桐子ぉ……。愛してるの。愛してるのよ」

麗男は薄目を開けた。

桐子はタミの首筋に優しく唇を這わせ、言った。

「おまえを手放したくはないわ」

桐子はタミをペットとして雅衣から買い取るつもりなのだろうか？　疑問を胸に、麗男は眠りの中に吸い込まれるように落ちていった。

＊

夜、麗男は目覚めた。

手錠も猿轡も外されていたし、ディルドも抜かれていた。麗男は安堵した。体は自由を得たものの、やはり疲労に支配されている。

桐子の姿はない。もう、出勤してしまったのだろうか。

麗男の横で眠っていたのは、タミだった。ただし、寝息も立てずピクリとも動かず、まるで死んだように見える。

なにげなくタミの首を見て、ハッとした。彼女の首には、傷があったのだ。

間違いない。桐子はタミの血を吸い、彼女を新人類の仲間に加えたのだ。ということは――。

麗男が身震いした瞬間、タミがパッと上体を起こした。まるでマリオネットのように軽やかな動きだった。旧人類の少女が見せる動作ではない。

黒い瞳が麗男を見すえた。

「麗男」

乾いた唇から、言葉が洩れる。

「おなかすいたぁ」

甘えるような声で、タミは麗男の股間のものにむしゃぶりついた。

「タ、タミ……」

麗男は狼狽し、彼女の名を呼んだ。語尾は甘くかすれていた。

舌で撫でられ、唇で締めつけられ、全体を吸われる。

タミの口に含まれたそれは、たちまち硬く屹立した。

それを確認し、タミは飛びかかるように麗男に跨った。

やはり、その身のこなしは今までの彼女のものではない。麗男は桐子がタミを仲間に加えたことを改めて確信した。

桐子はこれから、厚生労働省にタミの新人類登録の申請をするのだろう。もしかしたら、無許可の吸血行為ゆえに、桐子は罰金を支払う羽目になるかもしれない。——頭の隅で、麗男は妙に冷静に思考する。

内側に麗男のものを含み、タミは激しく腰を動かす。

「おなかすいた！　麗男、早くちょうだい。早く……！」

彼女は情熱的な目で、麗男を見つめる。

欲望に濡れ、恋い焦がれるような目。ひたむきになにかを求める目。

麗男にはわかっていた。それは、飢えた者が食糧を見る目にすぎない、と。そして、これから自分は、桐子とタミ両方に精気を吸われることになるのだ、と。

絶望にも似た甘やかな諦念と共に、麗男は欲望を放ったのだった。

いなくなった猫の話

正確には「ゴウ」ではない。「轟」「豪」「剛」といった漢字をあてれば具合がよさそうだが、宇宙空港の近くで聞く空の船のエンジン音は「ゴ」と「ウ」の間の震動となり、空間を満たす。

この宇宙空港の正式名称は「紅桜《こうおう》共和国第一宇宙空港」だが、紅桜共和国には第二、第三の宇宙空港はない。

空港の周辺にはゴミゴミとした市街が広がる。都市計画もないままに、農村から人々が職を求めて流入した結果が、これである。

現在、宇宙を旅する富を持つ人々は旧市街と呼ばれる薄汚い地域を素通りし、美しい新市街に足を運び、空港周辺には富のひとかけらも落としはしない。

この紅桜共和国第一宇宙空港の近くに、小さな酒場があった。

店の名は〈微睡亭《まどろみてい》〉。

店主は、小夜《さよ》という名の女だ。

よく喋《しゃべ》る陽気な女だが、ほっそりとした姿はまるではかなげな少女のようだ。時折、彼女が薄幸という表現が似合いそうな寂しげな表情を見せることに、常連客は気づいている。

〈微睡亭〉は、汚れた空気にすっかり黒ずんでしまった古いビルの一階にある。

古くは華人の店が入っていたのだろう。天井には三頭の龍が描かれ、柱や窓枠は赤く塗られている。ただし、その鮮やかであっただろう色彩はすでに色褪せ、塗料もなかば剝《は》げてしまってはいるが。

客は主に労働者だ。荒くれ男という形容がふさわしい騒々しい者もいれば、おとなしいのか寡黙なだけなのか必要最低限しか喋らない者もいる。陽気な者もいれば、陰気な者もいる。ただ、彼らは皆、一様に貧しく、なにかしら心に傷を負っていた。

その夜は、客が引けるのが早かった。

月が欠けるように、潮が引くように、客たちは帰路についた。今夜はそろそろ店じまいだろう。

店内の空気は客たちが吐き出したやるせなさで、とろりと淀んでいるかのようだった。

小夜はひとり、リキュールグラスにジンをそそいだ。チェイサーとして、タンブラーに炭酸水を用意する。

ジンのさわやかな香りの粒子が空中に散る。キラキラ輝く炭酸の気泡は、小さくささやきながら次々と消えてゆく。

酒は、悪魔の顔と天使の顔を持つ。そこそこにつきあえば悦びをもたらしてくれるが、のめり込んだら破滅する。薄情だが美しいプレイボーイのようだ。

飲み下したアルコールが、ちりちりと喉を焼く。心地よい熱さだ。

三杯目を干したとき、キイとドアが鳴り、背の高い男が入ってきた。客だ。

悪いね。今夜はもう、おしまいだよ。

そう言おうとして、小夜は言葉を呑み込んだ。

客は年老いたハイブリッドだったのだ。人と猫の。

柔らかな白い髪はうなじからシャツの中に消えている。それは、背中の中ほどまで続いているにちがいない。そして、とがった耳、つりあがった大きな目。

小夜は心で吐息を洩らした。

あの子と同じ、ハイブリッドだ。あの子と同じ……。

動揺を覚《さと》られまいと、小夜は笑顔を作った。

「いらっしゃい」

自分のグラスをカウンターの陰に隠す。

男はハイブリッド特有のなめらかな動作で腰を下ろした。

「バーボンをロックで」

「銘柄は？」

「〈ブラック・スターシップ〉があれば、それを」

「はいよ」

小夜は棚のボトルをとった。ラベルには黒い宇宙船が描かれている。

金色の酒をそそいだグラスにコルクのコースターを添えて出すときに、チラと男の目を見た。

緑色だった。

懐かしい。あの子と同じだ。

ふいに、胸がいっぱいになった。酔いのせいだろうか。

酔っ払って客を迎えるなんて、酒場の女としては失格だ——そう思いながらも、熱い懐かしさは抑えられなかった。

「ねえ、旦那。旦那は、猫系ハイブリッドだろう？」

思わず小夜は老人に話しかけていた。咲き終えた花がぽろりと落ちるように、言葉は口をついて出ていた。

男は静かにうなずいた。

「あたし、昔、ハイブリッドの男の子を育てたことがあるんだ。もう、死んじゃったけどね」

澄んだ緑色の目に、吸い込まれそうになる。そのまま過去に引き戻されるのではないかという錯覚に襲われる。

「あの子は三毛だったよ。黒と茶と白の三色の髪がとってもきれいでね。でも、旦那のその真っ白な髪もすごく素敵だよ。雪みたいだよね。あたし、雪を見たことはないんだけどさ。でも、雪はハイブリッドの髪みたいに優しい手ざわりがするんじゃないかな。あまりにも柔らかくて、消えちまいそうな……。あたしの想像なんだけどさ」

話しはじめたら、止まらなかった。

やめれば、たちまち胸がいっぱいになりそうだった。心を揺さぶる過去を、小夜は吐き出しはじめた。

＊

旦那は、影郎《かげろう》と同じ目の色をしてるよ。

あ。影郎ってのは、あたしが育ててたハイブリッドの男の子の名前。

あの子を拾ったのは、十四年前。あたしはまだ十六の娘っ子だったんだ。

影郎は……そうだね。あたしが拾ったときには、人間で言えば五歳くらいだったかな。

あたしの、かわいい子猫……。

あの子の明るい緑色の目を見るたびに、あたしはホッとしたもんだよ。辛いことを思い出しても、仕事でひどいことがあっても、あの子の色硝子《ガラス》のようなきれいな目を見ると、フッと体中の緊張がゆるんで、優しい気持ちになれたんだ。

あたしをあんな気持ちにさせてくれたのは、後にも先にも影郎だけだったよ。

……あたしはね、体を売っていたのさ。

この街とよく似た貧しい地区だったよ。

元々は、母親と妹と一緒にボロいアパートで暮らしてたんだけど、十四のときに母親が病気で死んじまってね。あたしはまだ七歳だった妹を育てるために、夜の街に立ったのさ。あたしは教育ってものを四年間しか受けてなかったからね。たいした働き先もなくて、そうするしかなかったんだ。その前は朝鮮人の食堂で皿洗いをやってたけどさ、それじゃあ、とても暮らしてなんかいけなくてね。

けど、妹は、あたしが夜の街に出るようになった次の年に死んだよ。風邪をこじらせて、あっけなく……。母親と同じ死に方だったよ。

妹はいつも蒼白い顔をしてたよ。あの痩せこけた頬をふっくらとした薔薇色のほっぺたにしてやりたくて、あたしは一生懸命働いたんだ。働くって言ったって、まず尊敬されることのない労働だったけどさ、あたしは必死だったよ。

でも、妹はかわいそうなほっぺのまま死んじまってね。

今でもあたし、あの子ぐらいの歳の女の子を見ると、切なくてたまらなくなるんだ。思えばいろいろと苦労したよ。若い頃は必死で、あんまり苦労してるって気はしなかったんだけどさ。

でも、ハイブリッドが過去に受けた仕打ちとくらべたら、そんなものは苦労のうちには入らないだろうね。

旦那はどこの国の人なんだい？

え？　新星栄国《しんせいえいこく》のお生まれなのかい？

旦那はあの〈大虐殺〉の生き残りかい。そりゃ、大変な苦労をされたことだろうねぇ……。

あたしもその国で暮らしていたから、よくわかるよ。

あたしは十五で独りぼっちになったけど、体を売ることはやめなかった。ほかに売るものもなかったからね。

安っぽいけど派手なワンピースを着て、似合いもしない化粧をしてさ、自堕落で淫らで客よりもずっと下等な女を演じたよ。ベッドの上でも演技して、まるで女優だったね。

朝、安ホテルからアパートに帰って化粧を落とすと、鏡の中には痩せた子雀《こすずめ》みたいな娘がいるじゃないか。なんだか妙に物哀しくて、なのにおかしかったよ。

客の中には時々、ひどいのがいたっけ。

サディストなんて、まだましなほうだよ。むしろ大歓迎。奴ら、金をはずんでくれるからね。

ひどいのは、金を払わずに逃げちまう男だよ。あたしを殴ったり、脅したりしてね。少しぐらいベッドで痛めつけられたって、死にはしない。けど、金をもらえなけりゃ、こっちは飢え死にだ。そういうもんだろ。

ねえ……なんだか、あたし、喋りすぎてるね。どうも今夜はおかしいや。

ごめんよ、旦那。こんな話、もうやめようね。

……え？　いいの？　本当に？

なら、続けるけど……。

あの日は……あの日は、最悪だったんだ。

医療マニアっていうのかな。あの男、身なりはすごくよかったんだけど、とんでもない変態だったんだよ。

あたしは、無理やり変な注射を打たれて……なんの注射だったのか、今でもわからない。意識が朦朧《もうろう》として、なのに過去にあった辛かったことをひとつひとつ克明に思い出すような、変な薬だった。あたしは薬が切れるまで過去の幻影を見せられて、夢の中でものすごく苦しんで……。

次の日の午《ひる》近くにホテルの主人に起こされたときには、男はいなくなってたよ。

でも、金は部屋のテーブルの上にきっちり置いてあったんだ。しかも、あたしが要求した額の二倍の金が。

その横には、瓶に入った錠剤と軟膏のチューブと、その男からの手紙が残されていてね。錠剤は朝昼晩の食後に二錠ずつ服用、軟膏も一日三回塗布すること。これを守れば、痛まず、痕《あと》も残らない。糸も自然と溶ける。そんな説明が書いてあるんだ。

あたしは一体なにをされたんだろうって思って、自分の体を見て……思わず悲鳴をあげたね。腹に切り開かれた跡があったんだよ。胸から下腹部にかけてまっすぐに。それと交差するようにさらに一本。まるで十字架を落書きされたみたいだったよ。

あたしの知らない高度な医療器具でやられたんだ。糸の縫い目も細かくて丁寧だった。素人の仕業とは思えなかったね。

けど、あたしは腰を抜かしたよ。当然だろ。

今では、その傷跡もきれいに消えてるけどさ。

あたしは一体なにをされたのか、あのときはまだ、わからなかった。

ねえ、旦那。本当にこんな話をしてていいのかい？　酒がまずくならないかい？

いいなら、続けるよ。けど、あとで文句言わないどくれよ。

ホテルのベッドは血だらけで、あたしは汚したものを弁償しなくちゃで、結局は赤字。錠剤も軟膏も正体がわからないから使いたくなかったんだけど、家に帰ってベッドに入って、夕方に起き出す頃には、傷がひどく痛み出してね。錠剤を飲んで軟膏を塗ると、嘘みたいにスーッと痛みが消えてくれたよ。ありがたいやら、腹立たしいやら。

でも、その夜は客をとる気にはなれなくてね。かといって、することもなかったから、あたしはブラリと外に出たんだ。浴衣にショールを引っかけてね。

静かな夜だったよ。もう夜中と言ってもいい時刻だったかな。

月明かりが素晴らしくてね。街は青白い光に満たされて、まるで海の底だったよ。遠くで誰かが胡弓《こきゅう》を弾いてたっけ。その夜のために作られたような、きれいな曲だった。あたしは街外れにある赤い瓦屋根の廃ビルに向かったんだ。そこは不良どもの溜り場でね。

餓鬼の頃から知ってるあいつらにこの腹の傷を見せびらかして、からかってやろうってあたしは思ったのさ。

でも、ビルはしんと静まり返ってるだけで、だれもいないようだった。割れた窓ガラスの向こうにはボロボロの障子の枠が見えて、その奥は闇だったよ。

あたしのすぐ目の前では、脚がもげて棄てられた歩行広告が胴体のキャッチフレーズを浮かびあがらせていたっけ。「飲みすぎ食べすぎには北辰《ほくしん》漢方胃腸薬」とか「油汚れもスッキリ、台所用洗剤はホワイト・マジック」とかって、まるで断末魔のもがきみたいにね。

外からビルを見あげて声をかけてみたけど、返事はなかった。不良どもは一人も来てなかったのさ。

なんだ、つまらない。そう思って入り口の階段を見たとき、あたしはハッとしたんだ。階段の陰に、だれかがうずくまってるじゃないか。

あたしは声をかけてみた。ためしにリーダー格の不良少年の名を呼んでみた。

返事がないどころか、そいつは身じろぎもしない。

近づいてもう一度声をかけて、肩を揺すってみたけど、なんの反応もなくて……そいつは死んでたんだ。よく見たら肩と脇腹を撃たれていて、シャツもズボンも血だらけだったよ。

あたしはギョッとしたけど、騒いだりはしなかった。

ただ、やっかいな感じのする死体だなって思ったよ。面倒なことに巻き込まれないように気をつけようって、思わず身を硬くしたね。

死体は若い男だったよ。あたしとさほど歳も違わないような。とても賢そうな、きれいな顔をしていたっけ。

自分の街にはいないような少年――そうだね。少年って呼んでもいいぐらいの若さだったよ。

その若者はね、毛布にくるまれた小さな男の子を胸に抱いていたんだ。五歳くらいの。

あたしは最初、その子も死んでるんだろうと思ったんだ。いや、その前には、布に包まれた荷物にしか見えなかったんだけどね。

月明かりの中で、白と茶色と黒の髪ととがった耳を見たとき、あたしはその子がハイブリッドだってことに初めて気づいたんだ。

それまで、あたしみたいな貧乏人にはハイブリッドを拝むチャンスなんて一度もなかったんだけど、見たらすぐにわかったね。この子はハイブリッドだ、って。

死んだ若者は、ハイブリッドを造っていたバイオ企業の研究員だったんだよ。ポケットを探ったら、ＩＤカードが出てきたんだ。

彼はそのハイブリッドの子供を連れて、国境の向こうに逃げようとしていたのさ。

そう。あたしが住んでたのは、国境の街でね。紅桜共和国と新星栄国が接する街だった。

正確には、あたしが住んでいた地区は新星栄国の領土だったよ。今ではもう、あの国も紅桜共和国に併合されちまったけどね。

あれは、新星栄国が〈大虐殺〉を始めた年だったよ。

もしかしたら、旦那はその頃はまだ小さくて、覚えてないかな。あたしら人間はあんたがたと違って何十年も生きるから、あたしははっきり覚えてるんだけどさ。

当時、ハイブリッドは傲慢な金持ちのためのの高級なペットだったのさ。猫と犬の二種類がメーカーによって造られていてね。

ああ、「造られる」って言い方も、今ではよくない表現だね。でも、ハイブリッドは子孫を遺さないし、メーカーの人工子宮から生まれるから、「造られる」っていうのがしっくりきてたんだよね、当時は。

高価な愛玩動物か、生きているおもちゃか、それとも美しい奴隷か——そんな扱いだったんだよ。

旦那も若いときには、苦労したんじゃないかい？　それとも、ご主人に愛されて幸せに暮らしていたのかい？　どちらにしろ、不自由な暮らしだったんだろうけどね。

いや、新星栄国出身のハイブリッドに過去を訊いちゃいけないね。ごめんよ。

ハイブリッドは愛玩用として生み出されたわけだけど、実際には、知能は人間と変わりないだろ？　だから、中には家族の一員のように扱ったり、ハイブリッドと恋に落ちる人まで出てきたんだよね。ハイブリッドはみんな、美しくて魅力的だからさ。

でも、そういったことに危機感をいだいた奴らもいたんだ。そいつらが純血主義ってやつを掲げてね。

そうそう。ハイブリッドの運動能力が優れているのも、人間側の危惧をあおったんだろうね。

猫系ハイブリッドは身軽でジャンプ力もあって、高い所から飛びおりても平気だし、犬系ハイブリッドは持久力があって、走るのがとっても速いだろ。その点は、人間よりも優れた種族だからね。

当時、新星栄国では、ハイブリッドを処分——皆殺しにすることが決まったばかりだったんだ。

あの研究員の若者は、ハイブリッドの男の子を連れて紅桜共和国側に逃げようとしていたんだ。でも、あとちょっとってところで、力尽きたわけだよ。

その男の子は五歳ぐらいに見えたけど、実際にはまだ生まれて二年も経っていたかどうか……。ハイブリッドは成長が速いからね。

かわいそうに思って、なにげなく男の子の髪に触れたとき、その子が身じろぎして、か細い声で「お父さん」って言ったんだ。

そのとき、あたしは覚ったよ。死んだ若者が彼のDNA提供者だったんだ、ってね。

顔立ちがよく似てたんだよ。顔の輪郭とか、唇の形とか、まぶたの線とかが。

あたしはその男の子に言ったよ。

「騒ぐんじゃないよ。見つかったらおまえは殺されるからね。いいかい？　おまえの父ちゃんは、もう死んじまったんだよ」

男の子は呆然とした顔で、若者の頬に触れたよ。

もう、冷たくなっていたんだろうね。それだけで、彼が生きてはいないって、その子にもわかったんだ。

男の子の目から涙がポロポロこぼれて……。

声を殺して泣いてるその子に、あたしは言ってやったよ。

「安心しな。おまえは、あたしがかくまってやるよ。来るかい？」

手をさしのべたら、男の子はしゃくりあげながらあたしにしがみついてきたよ。

服は父親の血に染まっていたけど、その子の怪我はすり傷程度だった。

そして、あたしはショールでその子の頭と顔を隠して、うちに連れて帰ったんだ。

賢い子だったよ。自分が見つかるとどうなるか、ちゃんとわかっていたんだね。しばらく泣いていたけど、決して声をあげたりはしなかった。静かに、震えながら泣いていて、それが痛々しくてね。

名前を訊いたら、その子は「カゲロウ」ってこたえたんだ。

虫の「蜻蛉」か、景色がゆらゆら揺れて見えるあの「陽炎」か、わからないけどさ。どちらにしろ、はかない名前だよね。

あたしは、影法師の「影」に、太郎の「郎」という字をあててやったよ。影のように目立つことなく、無事に育ってくれるように、ってね。

そして、あたしはボロくて狭いアパートで影郎を育てはじめたんだ。

前の年に妹を亡くしていたから、あたしには子供の体温が愛おしくてねぇ。だっこするとギュッてしがみついてくる、あのかよわい腕もたまらなく切なくて、かわいくてしかたなかったよ。

あたしが守ってやらなくちゃいけないってしみじみ思ったもんだよ。本当に。

最初から、影郎は字が読めたし、いろいろなことを知っていた。ちゃんと教育を受けていたんだろうね。あたしも、あの子にいろいろと教えられたよ。

あの子は商品じゃなかったんだ。あの若い研究員の息子として大切に育てられていたんだよ。

影郎はいい子だったよ。物静かで、優しかった。

狭いベランダにパンくずをまいて、鳥がついばみにくるのをながめては、にこにこしていたよ。

自分はベランダにさえも出られない身だっていうのに……。どんなに鳥がうらやましかっただろうねぇ。

ああ、小さな影郎のことを次々と思い出してしまうよ。語りきれないほどたくさんのこと。ひとつひとつは、ほんの些細《ささい》なことなんだけど。

たとえばねぇ、影郎の三色の髪は日向の匂いがしたよ。なんだか懐かしい匂いだった。

あたしは彼を膝《ひざ》の上に乗せて、頬を寄せて、そのまま静かに目をつぶっていると、とても幸せな気分になれたのさ。

そして……影郎を拾ってから二ヵ月後に、あたしは自分の卵巣と子宮がなくなっていることを知ったんだ。

例の医療マニアの変態野郎にやられてたんだよ。

毎月来るものが来なかったから、医者に行って、あたしは初めてそれを知ったんだ。

あたしの子宮と卵巣は、どこに行っちまったんだろうね。だれかの腹に収まっているのか、それとも、瓶詰めにされて変態野郎の部屋に飾られているのか……。

そんなことがあったから、あたしは子供を作る能力と引き換えに影郎を授かったような気がしてならなかったんだよ。

子供っていうのは、いいもんだよね。無限に広がる未来があるだろう？　その子の幸福な未来を想像すると、こっちも本当に心が安らぐんだよねぇ。

ああ、また、あの子をだっこしたいよ。なんで、死んじまった奴は二度と戻ってこないんだろう。一度死んじまったらもう帰ってこられないのに、人はなんのために生まれてくるんだろう。本当に、人生ってやつは残酷だよ。

愛する者を永遠に失うぐらいなら、いっそ自分がこの世に生まれてこなかったほうがどんなに楽だったろうって、あたしは何度も思ったよ。しつこいぐらい、何度も。

あたしはね、影郎を「子猫」って呼んでいたんだ。あたしの子猫、って。

影郎は本を読むのが大好きだったよ。あたしは、まず、妹の形見の本を彼に与えたんだ。

次には、教会の神父さんとお寺の坊さんから、古本を譲ってもらってね。神父さんの前では神様を信じるふりをして、坊さんの前じゃ仏様を信じるふりをしてさ。けど、神父さんも坊さんも、あたしが神も仏も信じちゃいないってことぐらい、お見通しだったと思うよ。貧民街じゃ、聖職者とて海千山千さ。

そのうち、影郎は通信端末がほしいって言い出したんだ。その頃には、あの子は八歳ぐらいに成長してたね。

あたしは使い捨てのちゃちな携帯用の通信端末を買ってきてやったんだ。電話とキーボードとモニターがついてるやつ。使える時間が決まっていて、その通信時間が切れると、メーカーに返して、こっちにはデポジットの小銭が返ってくるっていう……今でも、似たような商品があるだろ？

影郎と外の世界をつなぐのは、その端末しかなかったんだ。

彼はその端末を使って、いろんなことを勉強しているようだったよ。だから、どんどん賢くなっていった。それに、どんどん大きくなっていったんだ。

ハイブリッドの成長は、動物並だからね。影郎は三年も経たないうちに若者になったのさ。人間で言えば、十七、八ぐらいになってたね。

つまり、あたしが十八歳のとき、ちょうど影郎もそれぐらいの年齢になっていたんだよ。

影郎は、とてもハンサムなハイブリッドに成長したよ。しなやかな体に、顔はやっぱり、若くして死んじまった父親に似ていたね。優しげで、上品そうな顔立ちでさ。

その頃あたしは、彼の肌がもう子供でもなく猫でもなく男の香りがすることに気づいたんだ。とってもセクシーな男の肌の香り。

だけど、あたしは、自分にとって影郎は「男」じゃないって信じようとした。子宮を失ったあたしにとっては、影郎が息子だったからね。

それに、男っていうのは、あたしにとってはお客だったんだ。セックスも単なる商売さ。あたしは恋をすることもないまま、街に立つようになったからね。

でも、あるとき、影郎はあたしに言ったんだ。

好きだ、って。小夜を愛してる、って。

影郎はとても苦しそうだったよ。

そりゃ、そうさ。〈大虐殺〉の前から、ハイブリッドと人間の恋は、忌《い》むべきものとされていたからね。今じゃ、そんなことを言うのは差別と偏見に満ちてる奴か、単なる無粋な奴だろうけどさ。

あたしも、とても苦しかった。

影郎が子猫のままでいればよかったのにさ。子供にならば「なに言ってるのさ」って笑って済ますこともできただろうからね。

よく、いるだろ？　大きくなったら母ちゃんと結婚したいなんて言う男の子。

でも、あたしにとっても、すでに影郎は子猫じゃなかった。一人の男だったんだ。たまらなく魅力的な、ね。

すらりと背が高くて、あたしを軽々と抱きあげてくれるにちがいない、とてもハンサムな青年。

自分は彼の母親だって、それまであたしは心に言い聞かせていたんだけど、どうしてそんな必要があったのか、あとになって気づいたよ。あたし自身、心の奥底では、もう母親ではいられないってわかっていたのさ。

あたしはあのとき、自分の気持ちに正直になるべきだったんだ。なのに、できなかった。あたしは影郎を拒んだんだ。

だめだよ。おまえには猫の血が混ざっているだろう。あたしとは違うんだ――って。

影郎は泣きそうな顔をしていたよ。実際、あたしが仕事に出たあとには、泣いていたんだと思うよ。

その翌朝、あたしが帰ってきたときには、影郎は姿を消していたんだ。あたしが買ってやった何個目かの通信端末も、消えていた。

置き手紙には、命を助けてくれたことと、それまで育ててくれたことへのお礼が書かれていたよ。

それだけだった。行き先は書いてなかったんだ。

ハイブリッドは見つかれば殺されるだろう。あたしはもう、心配で、心配で……。

泣きながら、あっちこっちを捜しまわったよ。廃墟とか、ビルの空き部屋とか、ついには郊外の林の中まで。

だれかに「緑色の目をした三毛猫のハイブリッドの男の子を見ませんでしたか？」なんて訊くわけにもいかなくてね、あたしは無言のまま、ただグスグス泣きながら彼を捜したんだ。

だけど、影郎は見つからなかった。

やがてあたしは、彼が死に場所を求めて出ていっちまったんじゃないかって、思うようになったんだ。懸命に否定しながらも、心の奥底ではそう思いはじめていたんだよ。

ほら。猫って、死ぬときにはうちを出てひっそりと死ぬんだって言うだろう？　家の者に死体を見られたくないから、って。思えば、それも哀《かな》しい習性だよねぇ。

本当はあたしは影郎に恋をしていたんだ。

あたしが拾った小さな子猫が、三年もしないうちに美しい若者になって……今思えば、まるでおとぎ話のようだったね。魔法を見ているようだったよ。

あれは、あたしにとっては遅い初恋だった。なんのことはない、あたしは恋をすることにおびえていたのさ。

素直に彼の腕に抱かれてみたら、どんなに素敵な気分になれただろうね。それに、あたしも女として、彼にどんなに気持ちいいことをしてあげられただろう。

あたしは、自分の勇気のなさを呪ったよ。

ああ、なんで自分は影郎に「愛してる」って言ってやらなかったんだろう。それどころか、あたしは冷静な大人のふりをして、影郎の告白をたしなめたりしたんだ。なんていう卑怯者だったんだろう。それに、なんて残酷なことをしてしまったんだろう……。

実はね、そのときはまだ、影郎は生きていたのさ。

けど、あの子が若くして死んじまったのは、あたしのせいだよ。

しかも、あたしと離れたところで、あんなかわいそうな死に方で……。あの子は殺されたのさ。

ねえ、旦那。

人生って、得ることと失うことの繰り返しだと思わないかい？　獲得と喪失の繰り返しって言えばいいのかな。

形あるものはいつかは壊れるって言うじゃないか。それと同じだよ。手にしたものは、いつかは失う。愛した者とも、いつかは別れる。

得たり、失ったり。それの繰り返しさ。

人生で最大の獲得は、自分の命を得たことなんだと思うよ。この世に生まれてきたことさ。人は生まれたときに、人生そのものを手にするのさ。

けど、人生には最大の喪失もある。

死、だよ。自分が死ぬことだよ。死によって人はすべてを失う。

人生ほど、残酷なものはないね。

あたしは影郎を失った。自分の命を失うことよりも、辛かったよ。

人が一人この世からいなくなった空白は、だれがどうしたって埋めることはできないんだよね。死んだ奴がどんなにちっぽけな存在でも、そいつの代わりになれる奴なんて、一人もいやしないんだ。

そうさ。どんなにちっぽけに見えても、人一人の存在は、すごく大きなものなんだよ。

影郎がまだ小さいとき……そうだね。人間で言えば、まだ十二歳ぐらいのときだったかな。あたしは思ったんだ。もし、あたしか影郎どっちかが死ねば一人が助かるっていうときには、あたしはどうするだろう、って。

あたしは、影郎に死んでもらって自分が助かりたいのか。それとも、自分が死んで影郎を助けたいのか。

あたしはね、自分が死ぬほうを選ぼうと思ったよ。

でも、誤解しないどくれ。これは尊い犠牲の精神なんかじゃないよ。

自分が死んだほうが、影郎が死ぬよりか、あたし自身が楽だからさ。自分が死んじまえば、悲しいなんて思わなくてすむからね。けど、かわいい影郎が死んじまったら、あたしは悲しくて悲しくてどうにかなっちまうだろうって思ったのさ。

母親と妹に先立たれて、あたしはもう、だれかに去られるよりか、自分が去るほうがいいと思っていたんだ。

けど、また、あたしは置いてかれちまった。影郎はあたしのアパートを出ていった。どこに行っちまったんだと思う？　なんと、あの子は〈ハイブリッド解放戦線〉の闘士になっていたのさ。

そのときあたしは、彼があの通信端末でどんな情報を集めていたのか、だれと連絡をとっていたのか、初めて知ったのさ。

あの子はいつの間にか、無邪気な子猫じゃなくなっていたんだ。あたしの知らないうちにね。

あの頃、新星栄国では、〈ハイブリッド解放戦線〉によるテロが頻発してたんだ。爆薬を積んだトラックが警察署に突っ込んだり、橋や線路や駅が爆破されたり、役人や政治家が暗殺されたり、資産家の家族が誘拐されたり……。

新星栄国で活動してた〈ハイブリッド解放戦線〉は、実は紅桜共和国から経済的援助を受けていたんだよね。

構成員には、人間もハイブリッドもいた。もちろん、ハイブリッドは猫系と犬系、両方さ。指名手配のポスターが街のあっちこっちに貼られていたよ。

写真を見ると、人間はだいたいが血気盛んな若い奴なんだけど、ハイブリッドは若いのも年老いたのもいたね。

その中に、あたしは影郎の写真を見つけたんだ。彼がいなくなってから一年以上が経った頃だよ。

ポスターの写真の影郎はすっかり大人の男になっていた。生意気にも不精髭なんか生やしちゃってさぁ、あの子猫が……。

あたしはなんだかおかしくて、笑っちまったよ。けど、すぐに涙が出てきた。

そして、あたしはこっそりポスターをはがして、大切に持ち帰ったんだ。影郎の写真だけ切り取って、彼が大好きだった絵本にはさんで隠して、一日に何度も取り出してはながめたもんだよ。

それからまた、二年近くが経って……。

ある日、あたしはIDカードをどこかでなくしちまってね、カードを再発行してもらうために市庁舎に向かったんだ。

まわりにはお役所の建物が集まっていて、きれいな街並が続いてたから、あたしはなんだか場違いな気がして、居心地が悪かったね。

届け出を終えて、再発行されたカードを受け取って、自分の街に向かう途中、あたしの背後で突然、立て続けに銃声がしたんだ。

かなり離れた場所だったけど、お役所が狙われたんだってわかったよ。〈ハイブリッド解放戦線〉のテロだったんだ。

そのまま撃ちあう音が続いたものだから、あたしはあわてて足早に家に向かったよ。けど、銃撃の音がどんどん近づいてくるのがわかって、まわりの通行人もパニック状態になって……ついにあたしは、路地に逃げ込んだんだ。

そのあたりは小道や階段が立体の迷路みたいに入り組んでいる、古いビルの密集地でね。あたしは、あまり奥に入り込むと迷うってわかったから、出口がわかる程度に進んでから、身を隠す場所を探したんだ。

そこは、つぎはぎみたいに増築を重ねたビルの谷間だったよ。上を見あげたら、建物と建物を空中でつなぐ通路があっちこっちにあって、そのまわりには洗濯物を干したロープが何本も何本も揺れていてね。

おまけに地上では、狭い路地と階段が複雑に交差しているんだ。たやすく迷子になれる場所だったね。

あたしは不安に感じながらも、薄暗い階段の下に身を隠したんだ。

すぐそばで銃撃は続いていた。それがまたビルの間でこだまして、一体どっちの方向から聞こえてくるのかわからなくてね。

とてもよく晴れた明るい日で……なのに、あたしのすぐ近くでは人が殺しあいをしていて、まるで変な夢を見ているようだったよ。

どこかの軒下では風鈴が鳴っていて、それがまた、妙に間が抜けた感じでねぇ。

人間って馬鹿なんじゃないだろうか、なんて、ぼんやりと思ったっけ。

そのとき、足音が近づいてきたんだ。速足なんだけど、落ち着きを感じさせる足音で、あたしはまさに兵士の足音だと思ったよ。

実際にはその足音は、そう近いところでしていたわけじゃなかった。ビルの谷間でこだまして、すごく近くに聞こえてただけだったんだ。

階段の下で、あたしは膝をかかえて座って、ドキドキしながら息を殺していたんだけど……。

そこから見たのさ。ビルの三階の空中通路から、人が飛びおりるのをね。

そいつにとっては、それが無謀な行動じゃないってことは、見た瞬間にわかったよ。とてもきれいな身のこなしで、ひらりと着地してさ。怪我をした様子も全然なくてね、すぐにこっちに向かって駆けてきたのさ。

あたしが初めて目にした、猫系ハイブリッドの超人的な運動能力だったよ。

そいつは男で、帽子を目深《まぶか》にかぶっていたうえに、長い髪で顔もよく見えなかったけど……すぐにあたしは、それが影郎だってわかったんだ。

そして、彼が階段を通り過ぎようとするとき、あたしはその下から彼を呼んだんだ。影郎、って。

影郎はすぐに気づいて、階段の下にするりと飛び込んできた。本当に猫のようにしなやかで、美しい動きだったよ。あたしはずっと彼を部屋に閉じ込めていたから、彼のそんな動作は見たことがなかったんだけどさ。

影郎はもう、中年にさしかかっていたよ。あの、きれいな男の子が渋い二枚目になっていたんだ。かわいい三色の髪は、黒く染めていてね。

あたしはあのとき、二十二歳。こっちはまだ、娘って言ってもいいような歳だっていうのにさ、影郎の時間はとっくにあたしを追い越していたんだ。

彼は大人の男の声であたしの名を呼んだよ。「小夜」って。

その瞬間、あたしは彼の腕の中に飛び込んでいたよ。あたしの背は、もう、彼の胸ぐらいしかなかったっけ。

彼はどっしりとした銃を手にしたまま、あたしを抱きしめたんだ。

ごめんなさい、ごめんなさい、愛してる、って、あたしは泣きながら繰り返したよ。

すると、影郎も低い声でこたえたよ。「おれも」って。

同じ気持ちが、彼とあたし、両方にあったんだ。「ごめんなさい」っていう気持ちと、「愛してる」っていう気持ちがね。

あたしたちは、長い口づけを交わしたよ。その間に、頭上の階段をバタバタと数人の足音が駆けていった。影郎を追ってた政府軍の兵士だったよ。

それに、銃声も何度か聞こえた。

影郎はあたしをまっすぐに見つめて、言ったんだ。「また今度、小夜と会いたいな」って。少年のように無邪気に微笑んで、言ったんだ。

だから、あたしもうなずいて、こたえたよ。「いつでもいいから、帰っておいで。あたしも待ってるよ」って。「おまえがいつ帰ってきてもいいように、引っ越しもしないでおくよ。あたしのかわいい子猫が迷子になったら、大変だからね」って。

すると、影郎は泣きそうな笑顔でうなずいて、言ったのさ。

「絶対に帰るよ。約束する」

それから彼は身をひるがえして、駆けていったんだ。

だけど、あたしは二度と影郎と会うことはなかった。

彼は、その日、殺されたんだ。政府軍の兵士に、射殺されたんだよ。

あたしは、翌朝、新聞でそれを知ったんだ。

別れ際に交わした約束は、守られないままさ。

この世には、切ないことがありすぎるよね。守られなかった約束、去っていったままの人、永遠に失われた死者の未来、永遠に戻ってこない過去……。

あの日、迷路のような街の階段の下で影郎と別れてからうちに帰るまでに、あたしは何度か銃声を聞いているんだ。その中の一発が、あの子の命を奪ったんだって思うと、それを聞いてしまったことが悔しくてならないんだ。そんな音、あたしは自分の耳に入れたくなかったよ。

なのに、気になるんだよ。一体どの銃声があの子の命を奪ったんだろう、って。

小さな通りを小走りに通り抜けたときに聞いた銃声か、八百屋の裏で聞いた銃声か、背後が気になって振り返ったときに聞いた銃声か……。

それに、あの子はどれだけ苦しんだんだろう？　一分？　十分？　一時間？　それとも、何時間も？

あたしは彼が苦しまずに死ねたようにって、神様にも仏様にも祈ったよ。彼が死んだあとになってね。

無駄な祈りさ。

だけど、影郎があたしのことなんて考えずに一瞬のうちに死んでくれていたなら、どんなによかっただろうって、思うよ。死ぬ瞬間にまであの子が悲しみを感じていたなんて、あまりにもかわいそうだからねぇ……。

あたしはすぐにその国境の街を去ったよ。悲しみから逃れようと、必死だったのさ。

新しい土地では体を売るのもやめて、酒場で働きはじめたよ。それこそ、がむしゃらに働いたね。

ハイブリッドを迫害していた新星栄国政府が紅桜共和国に倒されたのは、それから五年後のこと。今から三年前だったね。

あっけないほど早く決着のついた戦争だったよ。それまで新星栄国と呼ばれていた土地は、紅桜共和国の一部になった。

国境がなくなったその年に、あたしはこの街に移り住んで、自分の店を持ったんだ。

その次の年には、ハイブリッドの市民権が認められたんだよね。あの平等法で。

ただ、今でも人間とハイブリッドの結婚は法律じゃ認められてないけどね。

それでも、人間とハイブリッドのカップルなら実際いくらだっているだろう。昔みたいなペットと主人の関係じゃなくて、対等な恋人たちがね。

宇宙空港を利用している金持ち連中の中にも、ハイブリッドを見るようになったし。いい時代になったと思うよ。本当に。

影郎の死は、無駄にはならなかったんだ。

あたしはあの子のことでずいぶん泣いたよ。特に、あの子が死んでから一年間は毎日泣いて暮らしたね。

でも、もう泣かないことにしたよ。

ほら、あたし、今だって泣いてないだろ？

どんなに悲しんだって、影郎は帰ってこないからね。

いなくなった猫は、自分の死を家族に見せたくないから、いなくなったのさ。

だったら、その子は死んだんじゃなくて別世界に旅立ったんだって思ってあげたいよね。

あの子は今でもそこに生きていて、幸せに暮らしているんだ、って。

少なくとも「自分はそう信じている」っていうふりでもしてあげたいよね。

もしかしたら、あの子がどこかであたしを見ているかもしれないからさ。

＊

小夜は、思い出を語り終えた。

静かな店内に、蛇口から洩れる水滴の音だけが、タン、タンと響いていた。

そして彼女は、おだやかにつけ加えた。

「実はね、あたし、あれから何人かの男に求婚されたんだ。みんなみんな、いい人だった。だけど、影郎ほどあたしが愛した男はいなかったんだ。あたしが幸せにしてやれなかったあの子猫のことを考えると、かわいそうでかわいそうで、あたしはとても結婚する気にはなれないんだよ」

タン、タンと水滴の音が響く。まるで、時を刻むように。

ふいに老人は小夜の目をまっすぐに見つめ、そして、言った。

「小夜。まだ、わからない？」

「え？」

「わたしは影郎だよ。こんなおじいさんになってしまったけどね」

「影郎……？」

小夜は息を呑み、彼の顔を見つめた。

老人は優しくうなずき、続ける。

「戦争が終わってから、あなたと暮らしていたあの街を訪ねたけれど、あなたはいなかった。それから、ずいぶんあなたを捜したよ。死ぬ前にひとめ会いたい、とね」

そして、小夜はやっとのことで目の前の老人の顔に懐かしい面影を見つけたのだった。

しかし、彼女は影郎以外のハイブリッドを間近で見たことはほとんどなかった。それを面影だと言い切れる自信が、彼女にはなかった。

面影と見えたものは、実は単なる種族の特徴かもしれない……。

信じて裏切られるのは、たまらなかった。ほんの少しの希望が壊れたとき、絶望はさらに深くなる。

小夜はかすかに震える声で尋ねた。

「髪は？　影郎は三毛だったはず」

「年をとったら、真っ白になってしまったんだよ。でも、目の色は昔と同じだろう？」

「でも……でも、新聞を見たよ、あたし。影郎が殺されたっていう」

「誤報だよ。殺されたのは、わたしの同志だよ。わたしと同じ、三毛猫のハイブリッドだった」

「でも……でも……」

否定したくはないが、希望が裏切られるのが恐ろしく、小夜は懸命に抵抗の言葉を探した。

そんな小夜をなだめるように、彼は言った。

「あの廃ビルの前で、あなたに拾われたとき、わたしは空色のシャツを着ていたね。今でも、うっすらと覚えているよ。それから、初めて買ってもらった使い捨ての通信端末は、かわいい黄色のチェック柄だったね。商品名は『パレット・ミニ』。……そうだ。あなたは、よく、歌を歌ってくれたっけ。『赤とんぼ』っていう、地球の日本国の古い歌があったね。わたしは本物の赤とんぼを見たことがなくて、あなたに説明を求めたんだけど、あなたも見たことがなくて……。わたしは画用紙にクレヨンで赤いとんぼを描いて、あなたにプレゼントしたっけ……」

「あんた……本当に影郎なんだね？」

「ああ。そうだよ、小夜」

彼が言い終えぬうちに、小夜はお転婆娘のようにカウンターを飛び越えていた。

「影郎！　あたしの子猫！」

小夜は影郎に抱きついた。

涙は次々とあふれ出る。

「影郎！　影郎……！　あたし、あんたのために、ずいぶん泣いたんだよ。だから、もう、あんたのためには泣かないって誓ったのに……。いつも、そう誓うのに、守れなくて……。またたよ。また、あたし、泣いてる……！」

小夜のほっそりとした体を抱きしめる老人の枯れた腕に、力がこもった。

安堵《あんど》で体中の力が抜けそうになるのを、小夜は感じた。ここ十年以上ものあいだ凝り固まっていた深い悲しみが魔法のように溶け、涙と共に流れ去る。

深い皺が刻まれた影郎の顔を見あげ、小夜は言った。

「あたしのうちにおいで。ね？　一緒に暮らそう！」

しかし、影郎は首を横に振った。わずかに微笑みながら、とても優しく。

小夜は涙をためたまま身を離し、おずおずと訊いた。

「嫁さんか恋人がいるの？」

「いや。ただ、わたしにはもうすぐ、あの世からお迎えが来るだろうからね」

「だからこそ、一緒に暮らしたいんじゃないか！」

小夜は懸命に訴えた。

「あたしがあんたを幸せにしてやるよ。絶対に！　だから、あんたもあたしを幸せにして！　ね？　あたしたちは今度こそ、一緒に幸せにならなくちゃいけないよ。たとえ時間が限られていても！　ね？　そうだろう？」

「でも、わたしはすぐにまた、あなたを独りにしてしまうよ。今度は永遠に、わたしは帰ってこないよ」

「かまわないよ！　あたしは、そんなこと全然かまわない！」

「しかし、あなたをまた悲しませてしまう……」

「そりゃ、あんたが死ねば、あたしは悲しむさ。けど、それがなんなのさ！　とにかく、あたしは少しでもあんたのそばにいて、幸せってやつを感じたいんだよ。ねえ、今度こそ二人で幸せになろうよ。そうしないと、あたしは一生、後悔しちまうよ！」

「…………」

「ねえ。お願いだよ。あたしのそばにいてよ。二人で笑って暮らそうよ。せめて最後の何年かぐらい、いいじゃないか。ね？」

その言葉で、影郎は決意したのだろう。彼は涙を浮かべ、静かにうなずいた。

もう一度、小夜は影郎を思い切り抱きしめた。母のように、姉のように、妹のように、娘のように……そして、恋人として。

繰り返される初夜の物語

娼館〈花鳥館《かちょうかん》〉に売られたカナは、フジノという源氏名を与えられた。

畑仕事と貧しい食事のせいでひび割れていた手足には、ただちに高価なクリームが塗り込まれ、痛んでいた髪も爪も最高の美容術で甦《よみがえ》り、彼女は十七歳の乙女ならではの美しさを取り戻した。

彼女は疲労しきった貧農の娘カナではなく、洗練された高級娼婦フジノへと変貌したのだ。

そして――。

（これは、あたしがされてることじゃない。フジノっていう知らない女の子がされていること……）

フジノは心の中、自分に言い聞かせ、この状況をやり過ごそうと試みていた。

今の彼女は全裸で天蓋《てんがい》つきのベッドに縛りつけられているのだ。

ひとつに括《くく》られた両手首は背中に固定され、縄は二の腕にも食い込み、まだ成熟しきってない乳房を上下から締めつけるように走っている。

左右の膝《ひざ》それぞれにも縄をかけられ、その端は寝台の左右の脚に結びつけられている。彼女の両脚は曲げた形で胸の高さにまで上げさせられ、しかも外側に広がるように固定されているのだった。

体勢を変えようにも、上半身は背中に当てられたフカフカのクッションに沈み込み、身動きすらままならない。艶《つや》やかな黒髪だけが、奔放に広がる。

自分があまりにも惨めに思え、ついにフジノは嗚咽《おえつ》を洩らしたが、それも固く噛まされている絹の猿轡《さるぐつわ》にはばまれた。

部屋の調度品は、人類が宇宙に進出する以前の欧州のものを摸している。美しい浮き彫りがほどこされた寝台やテーブル、革張りのソファ、薔薇の模様を織り込んだカーテン。

フジノを全裸に剝《む》き、このように緊縛《きんばく》したのは、ここ〈花鳥館〉の主人であるマダムJだった。

深い青色の目に小狡《ずる》そうな光をたたえ、マダムJは言った。

「お客様は、おまえを痛めつけるようなことはなさらないから、安心おし。けれど、泣きたければ、泣くがいいよ。お客様は、生娘ならではの反応を期待されているんだ。好きなようにふるまえばいいなんて、楽な仕事じゃないか」

楽な仕事――確かにそうだ。フジノはそう信じようと試みる。

故郷の村では、二年続きの冷夏のせいで稲が育たず、多くの者が飢えに悩まされ、餓死していった。今、自分はおいしいものをおなかいっぱい食べられるし、きれいな着物も着せてもらえる。故郷とくらべれば、ここは天国ではないか。

しかし、フジノの心は不安に満たされ、心臓は激しい鼓動を打っている。

大人の男女がなにをするかは、知っている。自分がここでなにをされようとしているかも理解している。

だが、フジノにはわからない。通常、女の子ははしたないことをしないよう、しつけられる。たとえば、フジノは幼い頃、足を広げて座っているのを母に「みっともない」としかられたことがあった。なのに、なぜ、今、客を喜ばせるためとして、自分はこのように両脚を大きく広げさせられているのだ？　こんな格好は恥ずかしいことであり、してはいけないことではなかったのか？

そのとき、突然、ノックもなしにドアが開き、フジノはビクッと身を震わせた。大人の男の足音が近づいてくる。

（見ないで！）

しかし、フジノの願いも虚しく、客はベッドの横に立ち、彼女の全身に視線を這わせはじめた。

（いやよ……。いや！）

太股《ふともも》の間の器官まで視線に舐《な》められる。フジノは耐えきれず、両目を固く閉じた。

「無理に犯したりはしないから、安心おし。きみが充分、気持ちよくなってから、ゆっくりと愛してあげるから」

声をかけられ、ハッと目を開けた。

気持ちよくなってから、ゆっくりと愛してあげる——ということは、自分がその気にならなければ、この男とは交わらずに済むのだ。

男は上着を脱いでハンガーに掛けると、ベッドに戻ってきた。

目が細く、平凡な顔立ちの男だ。美男でも醜男でもなく、肥満体でも痩身でもなく、簡単に集団に埋もれることができる容姿。歳は三十前後だろうか。

彼はフジノの両脚の間に膝をつき、なんのためらいも見せずに、柔らかな器官を左右に開いた。

「ううっ！」

恐怖と屈辱に、フジノは猿轡の奥で悲鳴をあげた。自分以上に女の体の仕組みを知っているにちがいない男が、恐ろしかった。

「きれいだよ。鮮やかな紅色だ」

フジノ自身も目にしたことがないその部分を、男はいとも簡単に暴いてしまったのだ。

しかも、次の瞬間にはフジノの股間《こかん》に顔をうずめ、そこに口づけたのである。

「ううーっ！」

フジノは懸命に首を横に振り、拒絶しようとする。

（いやよ。そんなところに……！）

しかし、男がフジノの意思に従うはずもなく、続いて、温かく濡れたものが襞《ひだ》の間に侵入してきた。男の舌だ。

舌は襞の深さを探るように、上下にゆっくりと動く。

味わわれる恥辱に、フジノの悲鳴は高まる。

ふいに、男の両手がフジノの太股の内側を撫《な》でた。そのとたん、なんとも甘く切ない感覚がフジノを支配した。

男の舌に犯されている襞がズキンと脈打つ。思いもかけなかった性感を探り当てられ、彼女は混乱した。

乳首がなぜか固くしこっている。それを知ってか、男の片手がフジノの右の乳房を包み、ゆっくりと揉みはじめた。

男の舌も届かない奥深くが、ジワジワと熱くなってゆく。胸を揉まれながら乳首を指先で転がされると、さらに切なさが増す。

「感じているんだね？」

男の問いに、フジノは首を横に振った。

（ちがう！　感じてなんかいない！）

だが、太股を撫でていた男の片手が襞の前方を探ったとき、フジノはもうひとつの性感の源を知ることになった。

「くぅっ……」

声をあげまいと猿轡を噛みしめたが、無駄だった。その小さな芽が感じる激しい刺激に、フジノは緊縛された上体をそらせ、全身を小刻みに震わせてしまったのである。

男は、フジノの固くなっている小さな突起を指の腹で転がす。

刺激は快感となり、波紋のように全身に広がる。フジノの爪先はキュッと丸まり、脳は快感に揺さぶられる。

体の反応を抑えることができない。その事実に、フジノはおびえた。

奥深くからなにかが湧き出てくる感じがする。男がそれをすすったので、実際に液状のものがにじみ出ているのだとわかった。

男は突起への刺激を続けつつ、その体液を指先にとって、乱れるフジノに見せた。それは透明な蜜だった。

「この蜜は、女の人の体が充分に感じて、男性を迎え入れる準備ができたしるしなんだよ。

つまり、きみは完全に感じてしまったということだから、これからぼくは、きみの処女をいただくよ」

男の言う通り、自分は確かに感じていた。フジノは観念し、目を閉じた。

ベッドから離れた男が服を脱いでいるのは、衣ずれの音でわかった。彼がふたたびベッドに乗ると、フジノの体は軽く揺れた。

不安のあまり目を開けてしまったフジノは、屹立《きつりつ》した男の器官を見た。想像よりも大きく張りつめているそれに、恐怖をおぼえる。

器官の先端が、フジノの襞に触れた。

「怖がらないで、力を抜いて」

男が言いながら、太股の内側を撫でると、フジノの体から自然と緊張が解けてゆく。

男がそこを押しつけてきた。フジノの蜜に導かれ、侵入してくる。

フジノは恐怖のあまり、くぐもった悲鳴をあげた。すぐに、その声には苦痛ゆえの響きが交じる。

なめらかな侵入は、最初だけだった。狭い洞窟は男のものに広げられ、それは鋭い痛みを伴ったのだ。

（いやっ。許して！）

フジノは腰を後ろに引こうとしたが、柔らかなクッションに阻まれてしまう。

ギュッと目を閉じると、頬に涙が伝った。

まぶたの裏に、フジノは豊かな実りに恵まれた数年前の稲田を見た。黄金の稲穂は頭《こうべ》を垂れ、幼い弟と妹があぜ道でふざけあっている。

次の瞬間、それは半月前の別れの光景に変わった。涙をこらえて詫びる父母、そして、泣きじゃくる弟と妹。

（泣かないで。あたしは刈り取られて、売られた稲よ。手放した米のことを忘れるように、どうか、あたしのことも忘れて……）

＊

フジノをベッドに残したまま、シャワーを浴び、服を着ると、マサヤは一階のサロンへと向かった。

美しく年若いウェイターに案内され、席につくと、植民惑星産のシングルモルトを注文する。

ウェイターと入れ替わりに、黒いドレス姿のマダムJが歩み寄ってきた。きれいにカールした長い黒髪に、海のように青い目が神秘的だ。

「こちら、よろしいでしょうか？」

向かいの席を示してハスキーな声で尋ねたJに、常連客のマサヤは鷹揚《おうよう》にうなずいた。

Ｊは優雅な動作で腰かける。

「フジノはいかがでしたか？」

「よかったよ。普通の生体人形にはない初々しさに満ちあふれていて、とても素敵だった」

マサヤの言葉に、Ｊは満足そうな笑みを浮かべてうなずいた。

フジノは人間ではない。

機械の骨格と、培養した細胞組織から成る皮膚と肉を持つ、「生体人形」である。しかし、生体人形の人工知能には、複雑な感情の動きも組み込まれ、彼らの精神は人間となんら変わりはない。

生体人形のほとんどは、自分が人間ではないことを知っている。が、フジノは違う。彼女の人工知能には、人間としての記憶が書き込まれているのだ。

三ヵ月前、フジノは生体人形の娼婦と男娼ばかりが集められたここ〈花鳥館〉に迎えられた。以来、毎日、フジノの記憶データは更新され、前夜の記憶を失う。つまり、彼女は毎夜、処女として客に抱かれるのだ。

もちろんフジノは、自分が生体人形であることを知る他の娼婦たちに接することは許されていない。〈花鳥館〉三階にあるあの豪奢な部屋に監禁されているも同然だ。

仮になにかの拍子でフジノが自分の正体を知ってしまったとしても、すぐにその記憶は消されてしまう。

また、フジノの人工知能のメモリーにはあえて性的なテクニックは入力されていない。その代わり、マダムJは、彼女の体の自由を奪ったうえで客に抱かせるというルールを作った。

客は事前に、拘束具や縛りのポーズを選ぶことができる。そして、事が終わっても、フジノを自由にしてはならない。猿轡を取り、言葉を交わしてもならない。客に許されるのは、略奪者としての役割だけだ。

このようにマダムJは、一夜のうちにフジノと客が親密になりすぎない演出を考案したのだ。これは、ふたたびフジノを指名した客が、フジノの記憶から自分が失われていることに衝撃を受けないようにとの配慮であると同時に、客に飢餓感を与え、フジノを求めさせるように仕向けるという作戦であるにちがいなかった。

「次のご予約は？」

「そうだね……。どうしようか……」

マサヤは言葉を濁した。フジノは華やかな美貌と清潔感を合わせ持ち、処女ならではの初々しい反応にも風情があり、非常に魅力的なのだが、彼女の玉代《ぎょくだい》は他の娼婦の五倍だ。

「今のところ、フジノは五週間先まで予約でいっぱいです。早くも店一番の売れっ妓ですよ」

マサヤがフジノを指名したときには、三週間先の予約が可能だった。瞬時のうちに焦りに支配されてしまい、彼は反射的にこたえた。

「じゃあ、予約をたのむよ」

早まったかもしれないが、まあ、よい。キャンセルも可能なのだ。心の中、自分に言い聞かせたが、すでにマサヤは次にフジノを抱ける日が楽しみになっていた。

マサヤが注文したウイスキーをテーブルに置いたウェイターに、Jは自分の電子ノートを持ってくるように命じた。

彼は一礼すると、カウンターの中からそれを取り出し、持ってきた。

「フジノの記憶は、いかがいたしましょう？」

言いながら、Jが電子ノートのモニターに指先で触れると、フジノのメモリーに入力可能な設定が箇条書きでズラリと表示された。

貧しさゆえに売られた農民の子、かどわかされた大商人の娘、恋人の借金返済のために娼婦に身を落とした下町の少女、秀才でありながら悪い教師にだまされて売られた女学生、失恋でやぶれかぶれになって〈花鳥館〉の扉を叩いた不良娘、演劇学校に通う学費を稼ぐために自らこの世界に飛び込んだ少女——。各設定には通し番号が振られている。

このように、フジノに植えつけるための記憶は複数用意されており、客は好きなものを選ぶことができるのだ。また、それぞれの記憶には、恋人や婚約者の有無等の細部を設定することもできる。

「じゃあ、この一番の記憶を」

マサヤは迷った揚げ句、今日と同じ設定を選んだ。

「ただし、今度は彼女に恋人がいたというバージョンにしてくれ」

さきほどのフジノは、恋人はいないバージョンだ。

「旦那様の役は？」

初対面の客としてフジノを抱く以外にも、自分を婚約者や恋人としてフジノに記憶させることもできる。悪趣味な者は父親や兄になりきって遊ぶらしい。

「特になしということで」

「わかりました。初対面の男性ということですね」

Jは電子ノートの画面に指先で触れ、マサヤの希望を入力してゆく。

「拘束具は、いかがいたしましょう？」

Jがふたたび見せたモニターには、この店の娼婦を枷《かせ》や縄で拘束した見本画像が並んでいた。

「そうだな……」

全裸あるいは着衣のままで緊縛されている美しい少女人形たち。彼女らの切なげな表情をフジノのそれに重ね、マサヤは早くも興奮が高まるのを感じたのだった。

＊

二年前の秋祭りの夜のこと――まだ、フジノがカナと呼ばれていた頃の話だ。

彼女は幼なじみのゲンに手を引かれ、喧騒に満ちた氏神様の境内を離れ、近くの家の納屋の裏へといざなわれた。そして、草の上に腰を下ろし、しみじみと語りあっているうちに、突然、ゲンはフジノの質素な着物の裾《すそ》に片手を伸ばしてきたのだ。

驚いたフジノが拒むと、ゲンは切羽詰まった声で言った。

「カナ、たのむ。見るだけじゃ。見るだけでいいんじゃ」

しかし、いつもは温厚なゲンの変貌が恐ろしく、フジノはとっさに彼を押しのけ、皆がいる境内へと駆け戻ってしまったのだった。

それがきっかけで、二人は顔を合わせるのも気まずくなり、道でバッタリ会っても短い挨拶を交わすだけになってしまった。

だが、フジノはゲンのことが気になり、畑仕事の最中や使いに出た先で彼の姿を見つけるたびに目で追った。ゲンも同じらしく、フジノはしばしば、自分を遠くから見つめるゲンに気づいた。

二人は言葉を交わすことなく、互いの思いを覚《さと》っていた。フジノはゲンのことを自分の恋人だと思っていたし、ゲンもそうにちがいなかった。

その後、身売りが決まったとき、フジノはどうしてもゲンにそれを告げることができず、ただただ隠れて泣くだけだった。

だが、フジノが人買いの車に乗せられて村を去ろうというまさにそのとき、ゲンが必死の様子で駆け寄ってきたのだ。

おそらく、彼女の身売りを知ったばかりだったのだろう。

「おれも都に出て、死に物狂いで働くつもりじゃ。そして、カナを絶対に迎えに行く」

フロントガラス越しにそれだけ告げると、彼はまた走り去っていった。人買いが止める間もなかった。

あれから半月。

今、フジノは全裸で〈花鳥館〉のベッドの上に拘束されていた。

両手は大きく開いた形で、ベッドの天蓋の支柱に枷でつながれている。そして、両足首もまたベッドの天蓋から垂れる枷付きの鎖に高々と吊られ、そのほっそりとした脚は左右に大きく開かれ、その結果、両脚の間の秘められるべき花もあらわにされていた。

これから、フジノの花は、どこのだれとも知れぬ男に摘み取られるのだ。

こんなことなら、ゲンに見せてあげればよかった。愛しい彼の望むままにさわらせてあげて、彼にすべてを捧げればよかったのだ。

後悔は涙となって、フジノの頬を濡らす。

口は球状の猿轡を嚙まされ、閉じることもできず、時折、くぐもった嗚咽が洩れる。

突然、ドアが開いた。

入ってきたのは、平凡な顔立ちの冴えない男だった。着ているものは洗練されているが、体格はゲンとくらべると貧弱で、男性的な魅力にも欠けている。

男はフジノの開かれた両脚の向こうに立つと、彼女の体を舐めるように観察しはじめた。

激しい恥辱感にフジノの顔は熱くなり、同時に恐怖にも支配され、体が小刻みに震えはじめる。

男は服を脱ぎ、無造作にソファの上に重ねてゆく。全裸になると、彼は脱ぎ捨てた上着のポケットからなにかを取り出した。蓋つきの小さな容器だ。

彼がこちらに向き直ったとき、股間で張りつめる黒々としたものが見えた。その大きさにフジノは恐怖し、思わず目をそむける。

V字形に開かれた両脚の向こうで、男は唐突に言った。

「きみは故郷に恋人がいるんだろう?」

(なぜ、知ってるの?)

フジノの内心の疑問にこたえるように、男は続ける。

「きみのここが、そう語っているよ。ぼくを受け入れまいとしている」

花弁に触れられ、フジノは身を震わせた。彼の指が感触を楽しむように這いまわると、なぜかそこがジワジワと熱くなってくる。

（いや！）

心では激しく拒絶しながらも、触れられたところから快感が湧いてくるのを抑えられない。

花弁の奥でなにかがジワリと湧き出るのを感じたとき、男の指が後方の蕾《つぼみ》に触れた。思いもかけなかった部分に触れられて、フジノは身震いする。

男は、さきほどの小さな容器の蓋を開けた。中身はなにかのクリームらしく、男は指先でそれをすくいあげると、フジノの蕾へと塗りつけた。

フジノには男の意図がわからない。

男はソファの上のクッションを取ると、それをフジノの腰の下に押し込んだ。恥ずかしい部分を突き出すような格好にされ、フジノはさらなる恥辱を感じる。

男は静かに告げる。

「きみの女性の部分を責めるのは、許してあげよう。もしかしたら、明日、きみの恋人がこの娼館を訪ねてくるかもしれないからね。その代わり、ぼくは後ろの部分を――」

突然、男の器官の先端が、蕾に触れた。

そんな交わりは、フジノの知らないものだった。驚き、身をよじろうとしたが、太股を男に押さえられ、動きを封じられてしまう。

（そんなところ……いやっ……！）

しかし、中心に圧力を加えられると、蕾はフジノの意志など無視してあっさりと開花し、男の器官を受け入れてしまったのだった。

「うっ……くぅっ……」

深々と貫かれたおぞましい感覚に、フジノは肌を粟立《あわだ》たせた。屈辱に頭がクラクラする。

男の両手がフジノの両胸を包み込み、ゆっくりと揉みしだいた。悔しいことに、それはフジノに快感を与えた。なぜか下半身の洞窟の奥に切ないような感覚が広がる。

感じたところを見せてなるものかと思うのだが、乳首が固く勃《た》ってしまう。

また、その小さな変化を見てとってか、男は彼女の胸を包む指の間に乳首をはさみ、さらに複雑な刺激を与えてきた。

「うう……」

感じまいとするのに、声が洩れてしまう。

フジノは目を閉じ、眉根を寄せた。切なさのあまり、目尻から涙がにじむ。

突然、男が腰を動かしはじめた。犯されている部分が解放されかけ、そしてギリギリのところでまた、反対に奥へと侵入される。限界まで広げられた蕾がこすられ、その感覚がさらにフジノに汚辱感を与える。

（もう、許して）

耐えきれず、フジノは許しを乞うように首を横に振ったが、男はその動きをやめてはくれない。

気が遠くなりかけたとき、ふたたび花弁に触れられた。はからずも強い快感を得てしまい、フジノはその表情を男に見られまいと顔をそむける。

「ここに触れているのが、きみの恋人の指だったら、どうする？」

突然の問いは、暗示のようにフジノの心にスルリと入り込んだ。今、この瞬間、あたかもゲンと交わっているかのような錯覚をおぼえたのだ。

右の乳房を揉みしだいているのは、ゲンの大きな掌。花弁に繊細な刺激を与えているのも、彼の指。そして、後方の蕾を貫いているのも――。

（ああ、ゲン、愛してるわ。だれよりも愛してる！）

フジノの内側で快感の波がグッと高まった。身の内で生まれた巨大な波は、彼女の全身を軽々と高みへと持ちあげる。

今や、フジノはゲンを乗せた小さな舟だった。フジノはゲンに操られると同時に、彼を快楽の園へと運ぶのだ。

波は、頂点で一気にはじけた。

快感が水しぶきのように、フジノの全身に降りそそぐ。愛する人の幻影もまた、水のように流れ、消えていった。

＊

フジノを愛しく思い、彼女の許《もと》をたびたび訪れているのは、欲望のためだけではなく、疑似恋愛というほのかな想いゆえでもある。マサヤはずっと、そう考えていた。

もし、フジノに対する思いが本物の恋ではないとすると、彼はまだ、これまでに初恋しか経験していないということになる。

この植民惑星の地方都市の、平均よりは貧しい人々が暮らす下町で、マサヤは育った。父はマサヤが五歳のときに病死し、以来、彼は巨大な集合住宅の小さな部屋で、母と二人で暮らしていた。母は物静かで心優しく、マサヤは貧しいながらも幸福な幼年期を送った。

引っ込み思案の彼は、学校では積極的に友達の輪に入ってゆくほうではなかったが、成績優秀ゆえに、とりあえずは一目置かれていた。

十二歳のとき、たまたま新しいクラスで隣の席になったのは、マサヤ以上に内気な少女だった。彼が話しかけても、彼女は他の女生徒のようにつまらなそうな顔で応じたりはせず、はにかんだように微笑んで、彼の言葉に耳を傾けてくれた。

地味な彼女が実はとても美しい顔立ちをしていることに、マサヤは気づいていた。あの長い髪を結いあげて活発な印象をちょっと添えるだけで、彼女は輝きはじめるにちがいない。加えて、中途半端な丈のスカートではなくショートパンツを穿《は》いて、子鹿のような脚を出せば、どんなに愛らしく見えることだろう。

拒まれないのは、好意をいだかれているからだ。マサヤはそう解釈し、彼女に積極的に話しかけ、できるだけ彼女と行動を共にしていた。小さな恋心は日増しにふくれていった。

だが、ある日、彼は物陰から聞いてしまったのだ。

「マサヤのことが好きなの？」

他の女生徒にそう訊かれた彼女は、うっすらと笑ってこたえた。

「やだ。そんなわけないじゃない。あんな気持ち悪い子」

それだけの言葉に、マサヤは衝撃を受け、深く傷ついた。

自分の恋愛感情が一方的なものだったとしても、誘えばついてきてくれるおとなしい性格の少女が、「気持ち悪い」などという冷酷な言葉で自分を否定するとは。実際、人が異性に対して下す評価は、時として非常に残酷だ。

今になってみれば、その少女の気持ちもわかる気がする。おそらく、自分がしばしば見せていたはっきりしない態度や卑屈な愛想笑いが、そのような評価につながったのだろう。加えて、内気な彼女に対してだけ積極的になれるという点も、潔癖な少女にはいやらしく感じられたとしても、しかたあるまい。

つまるところ、彼女は根本的なところで気が弱く、マサヤを拒絶して傷つける勇気も持たず、自分を抑えることしかできない少女だったのだ。

だが、当時のマサヤにはそれがわからなかった。

一方的に傷つけられた気分になった彼は、以来、彼女から遠ざかり、他の女生徒ともいっそう距離をおくようになった。加えて、彼は異性と自然な交流ができない劣等感を紛らわせるためにも、勉学に打ち込むようになっていったのだった。

その後、十七歳のときに母が交通事故で他界。胸を切り裂かれるような不幸は、一方で新たな幸運をマサヤにもたらし、彼の暮らしは激変した。それまで一度も会ったことがなかった母方の祖父が後見人になってくれたため、マサヤは首都の大学へと進むことができたのだ。

両親は結婚を反対され、駆け落ちして結ばれたのだということは、マサヤも母から聞かされていたが、祖父がロボット派遣会社を興し、他の植民惑星にまで進出する大企業に育てあげた人物だとは知らなかった。

マサヤは、大学卒業後は祖父の仕事をサポートし、将来的には経営を引き継ぐという前提で、援助を受けることになったのだった。

大学では、マサヤに近づいてくる女性も多かった。もちろん、彼女らには、マサヤの背後にある財産と輝かしい将来が垣間見えていたのだ。

そんな底の浅い女たちにはそっけない態度で接して適当にあしらってやればよかったものを、マサヤは異性にあからさまに値踏みされて萎縮し、コソコソ逃げまわるだけだった。そして、そんな自分にさらに嫌悪感をつのらせた。

無条件でマサヤを愛してくれた女性は、母だけだった。息子が同い年の女の子に「気持ち悪い」と斬り捨てられたことも知らずに、包み込むような愛情をそそいでくれる母が、少年時代のマサヤにはひたすら不憫に思えたものだった。

母の死後、マサヤは母のように自分を無条件で認めてくれる女性を探した。が、そんな女性はどこにもいなかった。

マサヤはだれにも恋することなく、娼婦ばかりを相手にしてきた。やがて生体人形を知ってからは、人間の女そのものに興味を失い、さらにはフジノと出会うと、今度は他の生体人形では物足りなさをおぼえるようになってしまったのだった。

マサヤはフジノの許に通いつづけた。

犯すだけではなく、延々と口で彼女に奉仕することもあった。そんな夜は、フジノは恥じらいながらも感じ、乱れつづけた。

フジノはマサヤに貫かれるたびに、出血した。前日に客に犯された名残はなかった。

特殊な薬剤でその部分の組織を治療（いや、「修復」や「修理」と呼ぶべきか？）しているのか、あるいは、その部分だけ、回復の早い特別な組織を使っているのか。

フジノの人工知能に植えつける設定の中では、マサヤは「貧農の娘」を好んだ。健気《けなげ》な少女が見せるおびえと恥じらいは震えがくるほど色っぽかったし、そんな娘が自分のテクニックで乱れ、肉体の喜びを知ってゆく過程は、マサヤを陶酔させた。

自分のことを故郷に残していった恋人として記憶させたとき、フジノは乱れに乱れ、彼に貫かれている間、何度も達した。猿轡の奥で、彼女はなにかをつぶやいていたが、それは愛の言葉にちがいなかった。

一度、マサヤは「失恋でやぶれかぶれになって〈花鳥館〉の扉を叩いた不良娘」という設定を選んだことがあったが、そのときのフジノには、ひどくがっかりさせられた。全裸で緊縛されているというのに、フジノは恥じらうどころか、目には媚《こび》の色を浮かべ、激しいよがり声をあげて乱れに乱れてみせたのだ。

あるいは、いささか悪趣味ではないかと思いながらも、父親としてフジノを愛し、彼女の反応を確かめてみることにしたとき、彼が選んだ設定は「かどわかされた大商人の娘」だった。

親に売られた貧農の娘を父親として犯すのはさすがに痛々しく思え、豊かな家の生まれという記憶をフジノに与えたのだが、マサヤはここで彼女の新たな魅力を発見することになる。

そのときのフジノは、首の後ろで手首を交差させられ、脚はあぐらをかいた格好で、細いゴムチューブで拘束されていた。口に噛まされている猿轡も、ベルトのように太いゴムチューブだ。

悪人にさらわれて売り飛ばされたご令嬢のフジノは、ベッドに転がされてさめざめと泣いていたが、部屋に入ってきたのが父親だと知ると、安堵《あんど》したように声をあげて泣き出した。

三十一歳の自分は一体、何歳に見られているのか？　疑問に思いながらも、マサヤは父親としてフジノとの愛の行為を試みることにした。

マサヤの指がフジノの下半身の茂みを探ったとき、彼女は信じられないというように目を見開いた。その奥の柔らかな花弁に触れたときには、身を震わせ、悲鳴をあげた。

肌を粟立たせ、自由を奪われた体でもがくフジノの様子に、このまま事に及んでも大丈夫なのだろうかと不安になった。あるいは、これは抵抗する娘を父が犯すという疑似体験を楽しむための設定であり、フジノの意思など踏みつけにしてよいのだろうか。

だが、すぐにマサヤはフジノが感じはじめているのに気づいた。花弁はしっとりと濡れ、その前方には小さな芽が顔をのぞかせている。

「濡れているよ」

事実を告げただけで、フジノは顔を真っ赤にし、マサヤの言葉を否定しようとするかのように首を横に振った。

不意打ちのようにフジノの股間に顔をうずめ、濡れた器官を舌で愛しはじめると、彼女の泣き声はますます高まったが、その声には明らかに甘い響きが含まれていた。

花弁の内側の形状を確認するように舌を上下に動かし、羞恥心を刺激してやると、マサヤの計算通りにフジノは身悶えする。太股を両手でがっしりと押さえ、感じやすい小さな芽を重点的に舌先で何度か突くと、ほっそりした全身はガクガクと痙攣《けいれん》のように震えて、エクスタシーに達したことを示した。

フジノの体は、確かに快感を得ていた。しかし、彼女の心はどうだったのか。マサヤはそれを確認するための行動に移った。

まずは、マダムJとの約束を破り、フジノの足首を縛っているゴムのチューブをほどく。次に自分のズボンのジッパーを下ろして興奮を示している器官を引き出すと、ベッドの上に足を前に投げ出して座った。

フジノは両足の自由を得た。もし、これ以上の交わりを望んでいなければ、彼女はベッドの上から逃げることだろう。

だが、フジノはベッドを降りなかった。一旦よろめきながら立ちあがり、マサヤの下半身をまたぐと、腰をゆっくりと落としてくる。

フジノはマサヤの器官を受け入れようとしているのだ。

心は熱い感動に満たされていたが、マサヤはそれをおもてに出さないようにしつつ、自分の器官に片手を添えて支えた。

先端に、フジノの濡れた襞が触れた。襞は中心で割れ、二枚の花弁と化すと、マサヤを呑み込んでゆく。

先端からジワジワと温かいものに包まれてゆくのを感じ、マサヤは深いため息をついた。

ついに、マサヤのものは根元まで含まれた。

フジノはきれいな形の眉をひそめている。痛みをこらえているのか。

しかし、マサヤがそっと「腰を上下させてごらん」と告げると、フジノは素直に腰を動かしはじめた。

フジノがこのように積極的な行動に出る可能性を想定してはいたものの、正直なところ、マサヤはそれを確信してはいなかった。彼女に求められていることがうれしく、マサヤの唇は自然と笑みの形を刻んでゆく。

ぎこちない動作が、ますます愛おしい。マサヤはフジノの体を抱きしめるようにして支えた。

「うっ……くぅっ……」

快感に濡れた声が、猿轡の奥から洩れる。

その声をもっと聞きたくなり、マサヤはさらにJとの約束を破った。フジノの猿轡を外したのだ。

マサヤの器官を奥深くまで含んだ格好で動きを止め、フジノは大きく息をつくと、彼の目をひたと見つめて言った。

「愛してるわ、お父様。本当は、ずっと好きだった。けれど、いけないことだと思っていたの」

ちょっとかすれた愛らしい声に、マサヤは軽いめまいを伴う喜びを感じた。もちろん、フジノの言葉を耳にするのは、これが初めてである。

「どうか……どうか、あたしを連れて帰って。それから、お母様とは別れて、あたしをお父様の妻にして。それでなければ、あたしをお父様の奴隷にして。こんなお店に置いてゆかないで！　お父様と離れたくないの！」

「シッ。静かに」

しかし、フジノはわがままなご令嬢にふさわしく、興奮気味に続ける。

「いやよ！　連れて帰ってくれるまで、黙らないわ！」

大声を出されては、店の者に気づかれてしまう。マサヤはふたたび、フジノに猿轡を噛ませた。

泣き声は悲鳴に近くなり、マサヤの心はチリチリ疼《うず》く。が、彼女の情熱を受けとめることはできないのだ。

彼はふたたびフジノの足首をチューブで縛ると、逃げ去るように、そのまま部屋をあとにした。

翌日には、当然、マサヤに関するフジノの記憶は消去され、他の設定がメモリーに上書きされたはずだが、この夜の出来事は、その後ずっとマサヤの心に鈍い痛みを与えつづけた。

フジノは自分を父と信じていても愛してくれた。いや、父親だからこそ、愛したのか？自分が母を理想の女性としてきたように。

フジノの愛情がメモリーに記録されたデータに基づくものであることはわかっていても、マサヤの心は揺れた。

早くフジノに会いたい。

しかし、今や彼女との一夜の予約は七ヵ月先まで埋まっていた。しかも、〈花鳥館〉に受けつけてもらえる予約は客一人あたり一件のみと定められている。

ある日、思い余ったマサヤは、マダムJにフジノを身請けしたいと持ちかけた。

「身請けしたいということは、つまり、買い取りたいということですね」

嫌味な訂正をしてから、Jはそれをあっさりと拒絶し、続けた。

「これはお金の問題ではありません。申し訳ありませんが、今のところあたしは、いくら積んでいただいてもフジノを手放すつもりはありませんので。今やフジノはわが〈花鳥館〉一番の売れっ妓であり、シンボルとも言える存在ですからね」

それまでの無機質的な生活が、フジノとの逢瀬によって色あいを帯びてきたはずが、彼女と会えない空白の時間が長くなると、彼の人生はふたたび灰色に色あせていった。

一夜限りの恋人を本気で愛してしまった自分が間違っているのは、百も承知だ。だが、恋心というものは自分ではコントロールできない。

いっそフジノのように自分の記憶を消してしまうことができたら、どんなに人生は楽になることだろう。

＊

後ろ手に縛られ、足首も括られ、口には猿轡を嚙まされたうえでベッドに転がされていたフジノは、初めての客が実の兄であることを知った瞬間、衝撃に近い恥辱と震えるような喜びを感じた。

二年前に都に出稼ぎに行ったまま連絡を絶った兄のマサヤと、こんな形で再会することになるとは……。

貧しさゆえに娼婦に身を落としたことは知られたくなかったが、フジノの胸は愛する兄にふたたび会うことができた喜びでいっぱいになった。

しかし、その後の展開は、兄妹の再会に寄せるフジノの期待を大きく裏切った。マサヤは驚いたふうでもなく、フジノの足首をつかむと、膝が胸につくまで両脚を上げさせ、彼女の体を二つ折りにしてしまったのだ。

それが性器を剝き出しにするためだったと知ったとき、フジノは全身の血の気が引いてゆくのを感じた。

(兄さん、あたしがわからないの? あなたの妹のカナよ!)

懸命にうめくと、彼女の思いを察してか、マサヤは言った。

「カナ、おとなしくおし。悪いようにはしないから」

マサヤは相手が妹だと承知のうえで、その行為に及んでいるのだ。そして、また、フジノは兄の指に愛撫されながらも、そこがズキズキと脈打ちはじめるのを抑えられなかった。

「うっ……くぅっ……」

猿轡を嚙みしめたが、甘い声は洩れてゆく。

そして、フジノは再認識した。自分が昔からマサヤに憧憬《しょうけい》の念をいだいていたことを。その思いが特別な思慕に変わらないよう、ずっと本心を抑えていたことを。

だからこそ、マサヤがズボンの中から張りつめた器官を取り出し、「舐めてごらん。もっといいことをしてあげるよ」と言い、猿轡を外してくれたとき、彼女は迷わずそれを口に含んだのだった。

マサヤは何度か指示を出した。

「裏側を舐めてくれないかな。舌先でえぐるように、強く」

「もっと奥まで含んで。根元を唇で締めつけて」

「舐めるだけじゃなくて、吸ってごらん。思い切り」

フジノは素直に従った。

(兄さん、好きよ。大好き。愛しているの。あたしのすべてを、兄さんにあげる)

見知らぬ男に抱かれるぐらいなら、愛する兄にすべてを捧げたかった。

「うっ」

突然、マサヤはうめき、動きを止めた。次の瞬間、フジノの口中に欲望を放つ。

フジノはそれをすべて呑み下した。

(兄さんのすべては、あたしのもの。そして、あたしのすべては兄さんのもの)

今はただ、マサヤに欲情されるのがうれしく、誇らしかった。

この時間が永遠に続いてくれれば、どんなにいいだろう……。

＊

「カナ、これを着るんだ。そして、ぼくと一緒に逃げよう」

マサヤはそう言って、用意してきた服をフジノに与えた。

彼を兄と信じているフジノは、素直に従った。ジーンズとTシャツというボーイッシュな服に身を包み、長い髪はゴムで結んだうえで帽子の中に押し込んだ。

そして、マサヤは鞄に忍ばせていた縄梯子をこの三階の窓から垂らし、フジノを連れて〈花鳥館〉を脱出したのだった。

近くの駐車場に停めておいた車に乗り込み、この星で一番古い宇宙空港がある地方都市に移動するまでに、半日を要した。マサヤが潜伏先として選んだのは、狭い敷地に建てられた鉛筆のようなビルがひしめく旧市街にある安ホテルだった。

粗末なベッドの上で、マサヤはフジノと愛しあった。兄と妹として、愛情深い性交を何度も繰り返した。

フジノとの行為は、マサヤの心の隙間を確実に埋めていった。

そして、フジノ自身は知らないことだったが、彼女は初めて手足の自由を奪われないままでセックスをし、また、一日以上続く記憶を得たのだった。

ベッドの上、マサヤがゆっくりとフジノの髪を撫でていると、唐突に彼女は言った。

「兄さん、これから、あたしたち、どうなるの？」

「どうなるんだろうね」

マサヤはぼんやりとこたえた。

フジノと引き換えに、すべてを棄ててきてしまった。今まで暮らしていた家も、仕事も、他人とのつながりも……。社会的信用も地位も失った。

だが、後悔はない。フジノさえいてくれれば、自分はなにもいらない。

恩人である祖父は、優秀な人材に恵まれている。自分の代わりなら、いくらだっている。恩返しができなかったことに関しては、後日、手紙かメールで詫びるつもりだ。

しばらくフジノと二人で暮らすだけの貯えならある。しかるべき闇業者に依頼し、自分とフジノのＩＤカードを偽造したら、この星を脱出するのだ。そして、ゆっくりと新しい生活の基盤を作ってゆけばよい。もし、なにもかもがうまくいけばの話だが――。

マサヤのあいまいな返答に対して、フジノは健気に提案する。

「小さなアパートを借りて、二人で暮らしましょうよ。あたしは兄さんのお嫁さんよ」

つられてマサヤも笑顔を浮かべて言う。

「ぼくは仕事を探さなくてはいけないな」

「あたしも働くわ。カフェやレストランで、食べ物のいい匂いに包まれて働きたいわ」

フジノは楽しそうにこたえる。

駆け落ちした両親も、こんなふうに二人で幸せをつかむための生活を始めたのか。しかし、彼らは自分たちとは違い、公権力に追われるようなことはしなかった。

マサヤの不安を察してか、フジノは表情を曇らせて言った。

「マダムＪは警察に通報したかしら」

「たぶん、ね」

「あたしたち、見つかったら、逮捕されるの？」

「逃げればいいさ」

マサヤは、いいかげんにこたえた。

実際には、警察につかまっても、フジノが罪に問われることはない。これは単に、フジノという生体人形の窃盗事件であり、罪に問われるのはマサヤだけなのだ。

マサヤが物思いにふけっている間に、フジノは眠りに落ち、軽い寝息を立てていた。こんなところも本物の人間のようだ。

（いつまで、こんなことを続けていられるのだろう？）

その答えを、マサヤはすぐに得ることができた。

窓ガラスに赤い光が反射したのを見て、あわてて飛び起き、窓から地上を見おろすと、パトカーが二台、ホテルの前に停まっていたのだ。

すべては終わろうとしている。

フジノとも、もう、お別れだ。もしかしたら、一生、会えないかもしれない。胸がキリキリ痛む。

振り向くと、ベッドの上で上体を起こしかけたフジノと目が合った。

マサヤは静かに告げた。

「警察が来た」

「あたしたち、引き裂かれるのね」

フジノは表情を変えずに、スッと涙をこぼした。

「一緒に死のうか？」

その提案は、自分でも思いもかけないものだった。

口にしてしまってから、一瞬戸惑ったが、それが自分の本音なのだとマサヤは確信した。

フジノがいない世界で生きつづける苦悩とくらべたら、死の苦しみはまばたきのように短く、軽やかなものだ。

「この窓から飛び降りれば、死ねる」

死んでしまえば、もう、苦しまなくてよい。

「ぼくと一緒に死んでくれるか？」

プロポーズのように、マサヤは熱っぽく申し出た。

しかし、意外にもフジノは首を横に振った。

マサヤの心は凍りついた。フジノの反応は、まさに裏切りに思えたのだ。

だが、彼女が続けた言葉は深い愛情に満ちていた。

「あたしはもう、死んでもいい身だわ。売られたときに、すべてが終わったんだもの。だけど、兄さんには生きていてほしい。あたしなんかのせいで、大好きな兄さんを死なせるわけにはいかない……。お願い。どうか、死なないで」

マサヤはベッドに歩み寄り、フジノを抱きしめた。

自分はおのれの欲望を優先させ、フジノを道連れにしようとした。

だが、彼女はどうだろう。自分なんかのために死なないでほしいと、マサヤに訴えたのだ。


マサヤの腕の中で、フジノはうっとりと言った。

「自由の身になったら、あたしを迎えに来て。あたし、待ってる。兄さんがあたしのことを忘れてしまっても、ずっとずっと待ってるわ」

だが、マサヤにはわかっていた。明日にはフジノは彼のことなど忘れていると。

突然、部屋のドアが荒々しく叩かれた。警察だろう。

マサヤの腕の中、フジノはビクッと身を震わせる。

「大丈夫。自由になったら、絶対におまえを迎えに行くよ」

「うれしい。あたし、待ってるわ」

そして、二人は深い口づけを交わした。フジノの唇は、夢のように柔らかかった。

お人形さん相手のおままごとは、もう、おしまいだ。しかし、それはなんと甘美なごっこ遊びだったことだろう。

もう、一生、恋などしなくてよい。いや、たぶん、できないだろう。

この甘い思い出だけで充分すぎるほどだから。

一卵性

1

「痛っ！」

キッチンで美花《みか》の声。

その瞬間、刺激を期待し、わたしはゾクリとしてしまった。

美花がりんごを剝《む》いて持ってくるのを、リビングルームで待っていたところ。この場を動かずに、感覚の触手を美花のほうにそろりそろりと伸ばしてみる。

左手の人さし指に、チリッとした痛み。これは切り傷。包丁ね。

かわいそうな美花。

だけど、もう大丈夫よ。わたしも一緒にこの痛みを味わってあげるから。

人さし指をティッシュペーパーで押さえながら、美花がリビングに入ってきた。なにも言わずに、救急箱からバンドエイドを取り出す。

わたしの人さし指もズキズキしている。

ああ、素敵。美花と同じ痛みを感じているのね、わたし。まるで一つになれたみたい。

「貸して。貼ってあげるわ」

わたしが優しく言うと、美花はおとなしくそれに従った。いい子ね。

幸い、傷はたいしたものではなかった。

赤い血を目にし、ふたたび心は妖《あや》しい高揚感に震える。

舐めてあげたい。美花の味を確かめたい。彼女の一部をわたしの内に取り込みたい。昔みたいに、美花と一つになりたい。

だけど、そんなことをしてはだめね。美花を驚かせてしまう。

今はせめて、傷がはみ出さないよう慎重にバンドエイドを貼ってあげるだけ。優しい優しい双子の妹として。

右頬に、美花の視線を感じる。

見とれているの、美花？

いいのよ。ずっと見ていても。

わたしたちは、一卵性の双生児。美花がお姉さんで、わたしが妹。

色白で目がパッチリしていて、わたしたち、小さい頃には「お人形さんのよう」って言われたものよね。

ふたたび心を澄ませ、美花の感情を感じてあげようとしたそのとき、彼女は言った。

「ねえ、美樹《みき》」

「なぁに？」

「昔は不思議だったね。美樹が怪我をすると、あたしも痛かったし、美樹が泣いていると、あたしも悲しくなった。離れていても、美樹が笑っていると、すぐにわかったし」

「そうだったわね」

わたしは微笑みながらこたえてあげる。とたんに美花は戸惑い、心を閉ざす。

フフ。いつからか、そんなふうにすぐに恥ずかしがるようになったのよね。変な美花。テレパシーというのかしら。それとも、シンパシーとでも言えばいいのかしら。

わたしは心を澄ませて集中すると、美花の感情や感覚をストレートに感じることができる。

昔——十二になる頃までは、美花もわたしの心を感じることができた。わたしたちの心は、つながっていたのよ。

いいえ、本当は、つながっていたというよりは、二人の心はまったく同じだったと言うべきね。

わたしの悲しみは美花の悲しみだったし、わたしの喜びは美花の喜びだった。わたしが嫌うものは美花も嫌い、わたしが愛したものは美花も愛していた。

けれども、現在、二人の心は分離している。それどころか、美花はわたしの心を感じることもできない。

わたしがいくら苦しんでいても、美花はわかってくれない。悲しいことね。

そう。いまだにわたしは美花にとらわれているのに、美花はすでにわたしから自由になってしまった……。

でも、いいの。わたしは美花を見守っているのだから。

わたしにこの能力が残っていることを、美花は知らない。それでもいいの。いつかまた、美花がわたしの心を感じられるようになる日がきっと来るのだから。

「りんご、わたしが剝くわね」

「あ……うん」

美花はなにか言いたそうだったけれど、わたしはかまわずキッチンに向かった。そうしながら、ふたたび心を澄ませて、彼女の感情を探ってみる。

ささやかな劣等感。気まずさ。わずかな自己嫌悪。そして、わたしという存在に対するいらだち。

まったくもう、子供なんだから!

心が分かれた頃から、美花はわたしに劣等感をいだくようになった。勉強でもスポーツでも自分より優れた成績をあげている双子の妹を、美花は内心では煙たく感じているのよ。

だけど、そんなつまらない学校での評価が一体なんだと言うの？　わたしは美花を必要としている。それだけで充分じゃない！

なのに、彼女はわたしから距離をおきたいと望んでいる……馬鹿みたい！

そう。確かに、わたしは最愛の姉に内心ではうとまれている。だけど、間違っているのは美花のほう。

美花だって、世界中で一番自分を愛してくれているのは美樹なんだって、いつかはちゃんとわかるはずよ。

今、わたしたち二人の髪型は、背中まで届くサラサラのロングヘア。

一度、美花は、一人でこっそり髪を切りにいったことがあった。今から三年前。中学二年生のときだったわ。

ショートヘアになった美花を、わたしは諌《いさ》めた。そんなふうに意地悪をするものではないわ、と。

素直な美花は、小声で「ごめんなさい」と謝った。

いいのよ、わかってくれれば――と、わたしは美花を抱きしめてあげた。

けれども、わたしはそこで美花を許しはしなかった。彼女を美容院に引っぱってゆき、美容師に言ったの。

「わたしもこの子とそっくり同じ髪型にしてください」

以来、美花がわたしに意地悪をしたことはない。

美花はちゃんとわかってくれたのよ。美樹がとても自分を愛しているんだってことを。

現在、わたしたちが通う都立の共学高校も、わたしが美花に無理やり受けさせたものだった。

美花は勉強が苦手。だから、わたしは美花を追い立てるように勉強させて、合格レベルまで引きあげたのよ。

だけど、今、美花は無理にランクの高い学校に入学してしまったので、勉強面ではかなり苦労しているみたい。彼女はそのことで、わたしを恨めしく思っている……。

ひどい子！

だけど、いいの。間違っているのは、恨めしく思ったりする美花なんだから。

正しいのは、わたしのほうよ。

りんごは半分だけ剝かれて、俎板《まないた》の上に残されていた。

まるでそれが、美花がわたしと分かちあえる物の限界として提示してみせた物のように思えてしまい、思わず苦笑した。

ずっとわたしたちは一緒だったじゃないの。どうして、分かれなくてはいけないの？

わたしは元に戻りたい。美花と一つになりたい。昔みたいに。

だけど、美花にこの思いは伝わってないのよね。

わたしは感情を重ねるごとに、彼女の心を知るごとに、孤独になってゆく。それはわかっている。

でも、大丈夫。わたしは美花を見守っている。ずっと、美花の心を感じている。美花が昔みたいにわたしの心を感じてくれるようになるまで。そして、一つになれるまで。

どんな苦しみもいつかは終わる。わたしと美花は絶対に、ふたたび心を共有できるようになるんだわ。

わたしはそう信じている。

人間、プラス思考で生きることが肝腎だもの。


〈美花の日記〉

今日、包丁で指を切ってしまったら、美樹がバンドエイドを貼ってくれた。

美樹はいつも優しい。昔から、ずっとそうだった。

だけど、最近あたしは、それが不安。どうして不安なのかはよくわからないけど、なんだか怖い感じがする。

本当は美樹にはあたしのことなんてかまわないでいてほしい。悪いけど。

でも、なんで、こんなことを考えるようになったんだろう？　あたし、美樹に優しくされすぎて、彼女に甘えるようになっちゃって、かえって意地悪な気持ちになっているのかもしれない。

ちょっと反省しなくちゃいけないかも……。

わたしは、今日も思い出すたびに美花の感覚をむさぼった。

空腹感、満腹感、排泄の快感、風を肌で感じる快さ、生徒や教師に対する好意や敵意。

こうしてひそかに美花を感じることが、わたしのささやかな喜びなの。本当に、ささやかな……。

夕食後、わたしは自室で机に向かった。

いつも思うことだけど、数学の問題って、まるでクイズみたい。

正解は満足をもたらす。それに、難しい問題ほど、気がまぎれる。一人の夜は、あまりにも寂しいんだもの。

わたしと美花が中学一年生のときに、新しい家ができた。両親はわたしたちに、一部屋ずつ与えてくれた。

だけど、本当は、わたしにとってそれは少しも喜ばしいことではなかった。わたしは美花と一緒の部屋で暮らしたかったのよ。だけど、それをおもてに出すことは、わたしのプライドが許さなかった。

美花はわたしの気も知らず、自分だけの部屋を喜んでいたわ。ひどい子!

わたしは一人、自室で涙をこぼしたものよ。

代数の問題の六問目を解いたところで、隣の部屋にいる美花に向かって、そろりそろりと感覚の触手を伸ばしてみた。

美花に触れた瞬間、強烈な快感が押し寄せてきた。

あの行為の最中だわ！

思わずわたしはシャーペンを放り出し、床に転がった。手足の力が抜けて、まるで軟体動物になってしまったみたい。

美花の五本の指が、両脚の付け根の間でうごめく。花弁にたとえられる部分を乱し、その奥へと侵入してくる。

左手が右胸を荒々しく揉みしだく。乳首が転がされる。

ああ、なんてこと……。だけど……だけど、素敵……！

美花の手が、わたしの肉体を愛撫する。

いいえ、これは美花の肉体が得ている感覚。だけど、それはわたしの体にまで鮮やかな波紋となって広がる。

美花の感度は本当に素晴らしい。小さな刺激を全身の隅々にまで巧みに響かせる。

そして、こんなときのわたしはいつも、自分自身の行為よりも強烈な快感を得ることができる。

息が乱れる。小さな声が洩れる。

人さし指が真珠という美しい言葉で呼ばれる部分を押さえつけた。爪先や頭の芯にまで激しい快感が広がる。

わたしはのけぞった。床は硬く冷たかったけど、それすらも気にはならない。

原始的な衝動に突き動かされ、もつれる指先で木綿のネグリジェのボタンを外すと、自分の胸を乱暴につかむ。

すそをめくり、下着の中に手をさし入れる。そこは潤《うるお》い、熱くとろけそうになっていた。

触れた瞬間、火山のマグマを連想したほど。

わたしは自分の肉体に、指で刺激を与えはじめる。

美花とわたしの感覚が混じりあう。まるで彼女と同化してしまったみたい。

ああ、美花……。愛しい美花……。

これは、かつてわたしたちが一つの卵細胞であった頃の感覚なのね。確かに覚えているわ。

美花に引きずられるようにして、どんどん昇りつめてゆく。

そして、快感の頂《いただき》――。

わたしは爪先がそり返るほど脚を伸ばし、のけぞった。頭の中がチラチラする。

なぜか、幼い日、二人で公園の砂場で遊んだときの光景が鮮明に浮かんできた。それは、切ないほど懐かしい思い出のひとこまだった。

砂に、自分の肉体のイメージが重なる。幼いわたしと美花の手が、砂と化したわたしの肉体をかきまぜる。

「美花……」

かすれ声で愛する者の名を呼んだ。

彼女にも、二人の快感が混じりあうこの素晴らしい感覚を味わわせてあげたい。すべてを彼女と分かちあいたい。

なのに、どうしてわたしは一人なの？

涙が頬を伝い、床に落ちた。


〈美花の日記〉

今日の昼休みは、あたし、ずっと宮下《みやした》君と話していた。

本当は、もっとお喋《しゃべ》りしていたかった。たとえば、彼がテニス部の練習を終えるのを待って、一緒に帰るとかして……。

だけど、そんな中学生みたいなことも、あたしにはできない。

べつに、この思いを他人に知られるのが怖いわけじゃない。あたしは彼のことを好きになるのが怖いだけ。

小学六年生のとき、大好きだった同じクラスの田野《たの》君が突然、事故で死んでしまった。

あんな苦しみは、もう、味わいたくない……。

美花の日記帳を持つわたしの手は、震えはじめた。

あわててそれを閉じ、本箱の奥に戻して、元の通りにその前に本を並べる。

それから、素早く美花の部屋を出て自室に戻ると、ベッドに身を投げ出した。

宮下？　テニス部の宮下？　だれなの、それは？

なぜ、わたしは、美花がその男に心惹かれていることに気づかなかったの？　もしかしたら、美花の心を感じる能力が衰えてしまったの？

ああ、そうだったわ……小学六年生のとき、美花が恋をし、わたしたちは変わってしまったんだっけ。

それと同じこと？　あの繰り返しなの？

あのとき、わたしは邪魔者を消したわ。だけど、それも手遅れだったのか、美花はわたしの心を感じることができなくなってしまった。

今度は、わたしが美花の心を感じられなくなる番なの？

いいえ、そんなことは許さないわ！

わたしは、美花との絆をつなぎ留めなくてはいけない。

わたしたちは、元々、一つだったのだから！

2

わたしは隣の教室に足を踏み入れた。ここは美花のクラス。同じ構造の部屋なのに、そこに収まっている生徒は異なっている。自分の教室が数多くある養殖池の一つであることが、実感できる。

わたしは一年のときに同じクラスだった友人を見つけて、思い切り愛想よく声をかけた。

「ナミ」

「あ。美花……じゃなくて美樹？」

「当たり。諒子《りょうこ》、いるかしら？」

「諒子？　まだ戻ってきてないみたい。さっきの授業、化学教室で実験だったから、まだ片づけをしてるんじゃないかな。急ぎの用？」

「ううん。借りてた本を返しにきただけ」

わたしはそう言って、ナミに本を見せた。そして、さも諒子を待っているように見せかけるため、壁に寄りかかる。

本当は、諒子のことなんてどうでもいいの。

わたしは教室の生徒の中から、美花の姿を見つけ出す。

幸い、美花はまだわたしに気づいてない。一人の男の子と、楽しげにお喋りしている。

もしかしたら、あの男が例の「宮下」？

わたしは感覚の触手を伸ばした。

美花の思いに触れたとたん、わたしはビクリとした。

甘く香り立つような感情。これがあの薔薇色にたとえられる思い——恋愛感情とかいうものなの？

では、この男が宮下なのね。

戸惑いを感じながらも、その甘ったるい沼にさらに潜り込んでみる。

見たところ、宮下のほうも、まんざらではない様子。

わたしは嫉妬をおぼえた。宮下の日に焼けた笑顔に、ほどよく筋肉のついた腕に、シャツからのぞくきれいな鎖骨に、すらりと長い脚に、わたしとはあまりにも違う少年という存在に。

彼を意識から締め出すため、目を閉じる。美花の感情を、自分の内に取り込む。

なんて豊かで奇妙な感覚なのかしら。

軽い緊張を伴う高揚感。息がつまるような切なさ。かすかな不安と期待。走り出したいようなもどかしさ。純度の高い喜び。まぶしいほど澄んだ愛情……。心は緊張すると同時に、弛緩《しかん》している。

不思議なほど気持ちいい。

ここまで素敵な感情は、今まで知らなかった。そういえば、わたしは恋をしたことがなかったんだわ。

それに、美花も過去にここまで深く他人を愛したことはなかったはず。十二歳のあの日、わたしが消した田野という同級生に対しても、こんなに深い愛情を寄せてはいなかった。

ああ、思い出すわ。

窓を雑巾で拭いていたあの子を突き落としたのは、よく晴れた秋の日だった。

変声期前の男の子の叫び声と、地面に重いものが叩きつけられた音——今、思い起こしても、興奮してしまう。

とてつもなく憎い存在がこの世から消えたあの瞬間、わたしは生まれて初めてセクシーな気分になれた。太股《ふともも》の間の小さな器官がヒクつくのを感じて立っていられなくて、床に座り込んでしまったほどだったわ。窓の外には嘘みたいに美しい青空が広がっていたっけ。

美花の心からは、幸福な高揚感と浮遊感が流れ込んでくる。思わずうっとりしてしまう。だけど、同時に、わたしは美花と宮下に嫉妬していた。

この不快感をなんとかしてまぎらわせたい。美花の甘い感情にだけどっぷりと浸かって、この身がとろけるほどの快感を味わいたい。

なのに、それはできない。だから心が乱れるんだわ。

わたしは五年前に一つの命を絶ったその手応《てごた》えを心でじっくりと反芻《はんすう》してみる。それは現在でも充分、性的な刺激となってくれる。

ああ、思い出すと感じてしまうわ。いけない。こんなところで……。

ふいに、美花の甘い思いに灰色の不快感が混入した。わたしは目を開けた。

美花と目が合った。わたしに気づいたのね。

なにくわぬ顔で、わたしは片手を軽く挙げる。とたんに美花は取り繕うようなあいまいな笑みを浮かべた。

宮下も気づいて、わたしに微笑みかける。

わざとわたしは、最高の笑顔で応《こた》えてやる。

だけど、わたしはおまえなんか知らないわ。美花と親しくなっただけで、わたしとも親しくなれたと思わないで！　笑顔を浮かべながらでも、人は人を殺すことができるのよ。

美花の不快感と不安が強まった。

フフ……。美花ったら、優秀な妹とくらべられることを恐れているのね。

今日、わたしは美花と同じ色のシャツを着てきた。それもまた、あなたにとっては不快なことなのね。

昔は、喜んでおそろいの服を着ていたくせに。意地悪な子。

だけど、許してあげる。わたし、美花に対してだけは寛大になれるのよ。

「美樹！」

声をかけてきたのは諒子だった。わたしはそちらを向き、改めて笑顔を作る。

美花の不快感は、あいまいな憂鬱《ゆううつ》へと変わる。

わたしは諒子に本をさし出す。

「諒子、これ、ありがとう。返すの遅くなって、ごめんなさいね」

視界の端に、宮下の視線を感じる。ふいに、意地悪な気分になってしまう。

わたしに興味があるの？　美花とわたし、どっちが素敵な女の子に見える？

ぼんやりとした憂鬱に占められていた美花の心に、ひとすじ鮮やかな稲妻が閃いた。

あらあら。これは嫉妬？

愛しい彼を妹に奪われはしないかと心配しているのね、美花。

だけど、べつにわたしはあなたと宮下のことが気になって偵察に来たわけではないのよ。

ただ、諒子に本を返しにきただけ。

安心して。いい子だから。

それに、いつだって、わたしはあなたのことを一番愛しているのよ。宮下なんて、いらないわ。この世から消してやりたいぐらいなんだから。

できることなら、今すぐ、それをあなたに教えてあげたい……。

〈美花の日記〉

今日の休み時間、美樹が教室に来た。

あたしは宮下君と話しているところを、美樹に見られた。

もしかしたら、美樹は、あたしが彼に思いを寄せていることに気づいたかもしれない。

そう思ったら、不安になってしまった。

小学六年生のとき、あたしが田野君に恋していたことを、美樹はとてもいやがっていた。

それまではずっと、あたしが好きだと思う人は、美樹も好きだったのに。

あたしたちの心はつながっていたから、あたしは美樹がどれだけ田野君を憎んでいたか知っている。それは、激しい嫉妬だった。本当に、美樹は彼を殺したいと思っていた……。

それまで、あたしたちは二人の心を区別していなかったっけ。

あたしたちは一つの心を共有していた。たとえれば、二色の粘土をマーブル模様に混ぜたみたいに。

あたしたちの心が分かれはじめたのは、あたしが田野君に好意を寄せるようになってからだった。

けれども、ある日、田野君は教室の窓拭きをしていて誤って転落し、亡くなった。

それをきっかけに、あたしと美樹の心は完全に分かれてしまった。お互いの心を感じることもなくなった。

だけど、なぜ、あたしたちは分かれてしまったの？

当時、美樹の心を感じることがとても怖かったのだけは、覚えている。

そうだ。あたしは美樹の心を知りたくなかったんだ。

だけど……なんで、あたしは美樹の心を知りたくなくなったの？　それを考えると、あたしは不安でたまらなくなる。

今、美樹は一体なにを考えているんだろう？　美樹はあたしのことをどう思っているの？　それに、宮下君のことは？

もし、少しでも美樹の心をのぞくことができれば、こんなふうに不安におびえることもないのに……。

今はとにかく、宮下君を愛してしまうのが、怖い。


「愛」という文字に、わたしの頭の中は嫉妬で真っ赤になった。

だけど、宮下なんかに嫉妬している場合ではないわ！

わたしは美花の日記を閉じ、本箱に並ぶ本の奥に戻し、部屋を出た。

今日、教室で感じた美花の憂鬱は、わたしに対する劣等感のせいだけではなかったのね。

美花は、わたしが田野を殺したことに勘づいていたの？　そして、彼女はわたしが宮下を消すのではないかと思っているの？

ああ、思考が混乱する。落ち着かなくては……。

落ち着いて考えるのよ。

まず、わたしが田野を殺したという事実に、美花はどこまで気づいているのかしら？

一瞬、疑ってみただけかしら？　いいえ、ならば、彼女のことだから疑ったことを恥じて、そんなことを日記でほのめかしたりはしないわよね。

美花はそれを確信しているの？　おっとりしているように見えて、実は——。

いいえ、大丈夫。美花はわたしの心を感じることはできないのよ。確信できるはずがないわ。

心をのぞくことができる分、わたしのほうが断然有利なのよ。

しかもわたしは、美花の日記の在り処《あか》もつきとめている。完璧じゃないの。

ただ、最近、度々わたしは美花の心を読み間違えてしまう。わたしはその誤りを、美花の日記で知ることになる。

やっぱり、宮下のせい？　美花があの男に恋をし、美花の心の中にわたしが理解不能な領域ができたからなの？

これだけは、なんとか手を打たなければならないわね。

わたしが美花以外の人間に愛情をいだけるようになればいいのかしら。そうすれば、わたしの心は美花の心に近づくことができる？

そうだわ。

少しずつ美花の心に近くなってゆけば、いつかはまた、わたしたち、一つになれるかもしれない。

わたしはその努力をすべきだわ。それが、美花に対する愛情でもあるのよ。


若い女の子が所在なさげに街角に立っているだけで、男たちは声をかけてくる。

彼らは、狩人にでもなったつもりなのね。

だけど、狩をしているのは、わたしのほう。蜘蛛のように、獲物が罠にかかるのをじっと待っていたのだから。

わたしは獲物を選んだ。声をかけてきた男の中で六人目。

高そうなスーツに身を包み、髪を整髪剤で整えた、いかにも水商売といった感じの男。

彼は良和《よしかず》と名乗った。

フリーアルバイターだと言ってたけど、たぶん、彼の本当の職業はホスト。丁寧な物言いと腰の低さは、職業病ね。

彼はわたしを油断させるため、フリーターだなんて嘘をついたにちがいない。

ホテルのベッドでの行為のあと、良和はわたしの髪を撫でながら言った。

「美樹さん、これが初めてだったんですね」

「違うわよ」

わたしは嘘をついた。本名を教えてしまったことを後悔しながら。

彼に貫かれた部分に鈍い痛みが残っている。

無感動な声で、彼は静かに言った。

「これまで、いろいろな人といろいろなことをしましたが、初めての女の子は初めてです」

「初めてじゃないわよ」

わたしは、いらだちを感じながら否定した。

良和はわたしの頰に触れた。だけど、それは優しさゆえではなく、単なる礼儀としてやっているようにしか思えなかった。どこか無感動で、冷たい感じ。

たぶん、良和はわたしの声に混じる不機嫌な響きに気づいたんだわ。それで、こんなふうにご機嫌をとろうとしているのよ。

知りあったばかりの男に心の内を見透かされたなんて、なんだか不快。

わたしが気持ちを分かちあいたいと願っている相手は、この男ではなく美花なのに。

美花に近づくために、わたしは街で良和を選んで、ここに来た。なのに、ますます美花から遠ざかってしまったように思えてしまうのは、なぜなの？　美花の心を完璧に理解できるよう、わたしも特定の他人と親密になろうとしているのに……。

「片割れを求めていますね？」

良和の言葉にハッとし、わたしは彼を見た。

彼は微笑んだ。けれども、その瞳はどこか遠くを見ている。

なんなのかしら、この男は。第一印象は軽薄そうに見えたけど、本当はそれだけではない。奥になにかを秘めている。

それに、彼は退廃の香りがする。甘ったるい香りを放ちながら腐ってゆく果実のような男だわ。

「ぼくも、そうでした。いつも、だれかを求めていました」

抑揚に欠ける、静かな声。

「自分に欠けている部分を補ってくれる相手を求めていた時期は、異性と過ごしました。自分と似た存在に渇望していた時期は、同性を選びました。本当に、いろいろなことをしました。相手の同意を得られれば、どんなことでも。道徳など無意味なほどに。けれども、片割れなんてどこにもいなかったんですよ。人は、結局は一人なんです」

だけど、わたしにはちゃんと片割れがいるわ。わたしが心から愛情をそそいでいる、生まれながらの片割れが。

そんなことを口にしそうになり、わたしはハッとした。

大切な思いをこの男に洩らしそうになるなんて……。

「結局、ぼくは他人となにかを分かちあうことはやめました。その代わり、他人を快楽の道具として見ることにしたんです。相手の同意を得られるかどうかは関係なく、ぼくは快楽のみを求めてゆきました」

「で？」

良和をちょっとからかってみたくなって、わたしは訊いた。

「ついに快楽殺人を犯してしまいました、とか？」

「その表現は、いただけませんね。『殺人快楽を味わった』と言っていただきたいものです」

冗談？　本気？

彼の言葉に一瞬、寒気《さむけ》を感じたけれど、わたしはなにくわぬ顔で言ってやる。

「いかれてるわね」

「あなたと同じです」

今度こそは、さすがのわたしもギョッとした。

この男、わたしが過去に同級生を殺したことを知っているとでも言いたいの？

良和は微笑みをくずさない。

「ぼくはセックスをするとね、相手のことがわかってしまうんです。相手の思考や過去の記憶が断片的にぼくの中に流れ込んでくるんです。美樹さんの能力と似ているでしょう？」

わたしは体をこわばらせた。

得体の知れぬ恐怖と妙な親近感が、頭の中で渦を巻く。

「ぼくのことが怖いですか？」

「ええ」

「怖がってくれても、結構ですよ。快感とは薄められた苦痛なのだと言うでしょう。ならば、時として愛とは薄められた恐怖——そうは思いませんか？」

「わたしに愛してくれとでも言うつもり？」

「ええ。だって、あなたはぼくととても似ている人だから。あなたなら、ぼくの片割れになれる」

「でも、あなたはわたしの片割れにはなれないわ」

「わかっています」

良和はゆっくりとうなずき、微笑んだ。まるで余裕を見せつけるかのように。

ずうずうしい男！

わたしは、美花でなくてはだめ。あなたは美花にはなれないのよ。

わたしは美花の代わりを探しにきたのではないわ。美花に近づくために、あなたを利用したのよ！　わかってるんでしょ？

そもそも、あなたとのセックスは全然楽しくなかったわ。美花が自分の肉体を愛する指遣いのほうが、ずっと心地よかったもの。

わたしの思考を読んだのなら、それもわかっているんでしょう？　いやな人！

こんな男、もう相手にしたくない。

わたしは今日、大切なものを失ってしまったんだわ。

だけど美花はそれを失わず、あいかわらず恋の高揚と共にある。

結局、わたしはますます惨めな気持ちになっただけ。

今、良和が横にいることすらも、いまいましい。自分自身も消えてしまいたいほどに。

いっそ美花と溶けあい、一つになってしまいたい。

わたしの全身の細胞の一つ一つが、彼女を懐かしんで叫んでいる。一個の卵細胞から派生した、この肉体そのものが……。

バラバラになりそうだわ。

3

良和と過ごした夜のことを、両親は知らない。わたしはクラスメイトの女の子の家に泊まったものだと、彼らは信じている。

平凡で平和でつまらない人たち！

夜、自室でわたしはベッドの上に転がっていた。

面白くない。

青春なんて、ちっとも面白くない。かったるいだけだわ。

今すぐ五年ぐらいすっ飛ばして、一気に大人になりたいほど。大人になれば、少しはこの心も美花から自由になれるかもしれないもの。

もう、美花を追うのは、いや。あまりにも苦しいから。

彼女の心が生み出す恋愛感情なんて、味わいたくない。いくら快く甘美な感情でも、あんなつまらない男に捧げられた思いなんて、わたしは触れたくない。

おまけに、あの良和という男！

いつの日か美花に感じてもらおうと、わたしが大切に育ててきた思いの数々を、あの男は窃視《せっし》した。

おまけに、わたしのことを片割れだなんて呼んで――ずうずうしいったらないわ！

ああ、イライラする。

今、美花はお風呂に入っている。

その間に彼女の日記を読んでやろうと、わたしはふと思いついた。気晴らしには、ちょうどいいわ。

なんだか急に楽しい気分になって、わたしはばね仕掛けの人形のようにベッドから勢いよく起きあがった。そして、彼女の部屋に向かった。

〈美花の日記〉

今日、あたしたちは、彼の部屋で結ばれた。

たった一行、そう書かれていた。日付は昨日。

目の前が真っ暗になった。

震える手で日記を元の場所に戻す。

結ばれた、って……やっぱり、そういうことよね？ 相手は宮下なのね？

でも、取り乱すものですか。取り乱すのは、負けを認めたと同じことよ。こんなこと、どうってことはないわ。

わたしはまだ、美花を取り戻すことができる。手遅れなんかじゃないわ！

わたしは自分の部屋に戻り、ベッドに倒れ込んだ。

耳鳴りがするほど激しい嫉妬が、頭の中で嵐を起こしている。

なんてことなの！　わたしが知らないうちに、美花は宮下と、だれとも結んだことのない関係を結んでいた！

いいえ、そんなことは、たいしたことではないわ。わたしが取り乱せば、それだけこの事実は重要なものになってしまう。だから、取り乱してはだめ。

そもそも、なぜ、わたしはこの事実に気づくことができなかったの？　こんなことなら、四六時中、しっかり美花を感じていればよかった！

それとも……ひょっとしたら、美花の心は遠くへ行ってしまったのかもしれない。わたしの手の届かないところへ。

ドアがノックされ、わたしはビクッとした。

「美樹。お風呂、空いたよ」

美花だわ。

わたしは動揺を気取られないよう、落ち着いた声を出す。

「あとにするわ」

「だめだよ。今日は洗濯するんだって。お母さんが、早くって言ってるよ」

風呂の残り湯を洗濯に使うから、早く風呂に入れ——か。

馬鹿馬鹿しい！

わたしの深遠な苦悩が、こんなにつまらないことで乱されるとは！

そのまま黙って天井をにらみつけていると、ドアが開いて美花が入ってきた。すでに入浴を済ませ、パジャマ姿になっている。

「ねえ、美樹」

「あとにするって言ってるでしょ」

「でも、あたし、お母さんに言われたんだから。美樹を呼んできなさいって」

なによ、その子供っぽい物言いは。

美花を馬鹿にするような気持ちをいだいたまま、わたしは彼女の頭の中を探った。

美花の心は、ちゃんとそこにあった。わたしはそれに触れることができた。

わたしが慣れ親しんでいる、心地よい感触。

ホッとしたとたん、両脚の間に、じわりと快感が潜り込んできた。

だけど、美花の心の中にあったのは、ちょっとしたいらだちだった。小さな棘《とげ》のような感情。

宮下にはあんなに甘ったるい気持ちを捧げているのに、妹に対してはこの棘を向けるの？

突然、美花を苛《さいな》んでみたくなって、わたしは言った。

「あなた、好きな男の子、いるでしょ？」

それは不意打ちだった。

案の定、美花の心は戸惑いと不安に占められた。

「確かテニス部の——」

もったいぶるように、そこで区切る。動揺が伝わる。いい気味！

「宮下君って子？」

「違うよ。好きな子なんて、いないよ」

美花はわざとらしい笑顔を作った。だけど、心は不安で揺れに揺れている。

わたしは奇妙な闘志がかき立てられるのを感じた。

追いつめてやる。もう、逃がしはしないわよ。

「ねえ、美花。昔、わたしたち、心がつながっていたわよね？　だけど、あなたはいつの間にか、わたしの心を感じられなくなっていた。あなたはそこで、わたしとは『切れた』って思ったんでしょ？　だけど、残念ね。実はわたしたち、まだつながっていたのよ」

「え？」

美花の顔が、不安に翳る。

「本当はわたし、まだ、あなたの心を感じることができるのよ。しっかりと」

「嘘……でしょ？」

美花は笑い飛ばそうとしたけれど、頬が引きつり、泣きそうな顔にしかならなかった。

「嘘じゃないわ。今日の夕方、学校から帰ってすぐに、あなた、部屋でオナニーしてたでしょ？　わたし、ちゃんと感じてたのよ。あなた、自分でやって、すごく感じるのよね。いやらしい」

美花はよろめくようにベッドの上に座った。唇が青紫色になっている。

わたしは彼女のすぐ横に移動して、声をひそめて言った。

「わたし、美花が宮下君のことが好きなのも、知っている。気をつけなさいね。あなたと宮下君がセックスしたら、わたしにはちゃんとわかってしまうのよ」

美花はギョッとしたようにわたしを見る。ああ、面白い。胸がスッとする。

わたしは続ける。

「あなたがどんなに感じていたか、わたしにはちゃんとわかるのよ」

「やめて……」

泣き出しそうな顔で、美花は言った。ほっそりとした全身がかすかに震えている。

「やめられないのよ、これは。わたしがコントロールできることではないの。あきらめなさい。あなたは一生、このわたしから逃れられないのよ」

だけど本当は、逃れられないのはわたしのほうだ。

美花の心がどす黒い感情に染まった。敵意ね。上等じゃないの！

ああ、だけど心が引き裂かれそう。どうしてわたしは姉に愛されないの？　わたしはこんなに愛しているのに！

美花はわたしの気持ちを全然わかってくれない。本当にひどい人！　恨んでも恨みきれないほどだわ！

……そうね。

ならば、いいわ。とどめを刺してやる。

「実はね、昨日あなたと宮下君がセックスしてたのも、わたし、知ってるのよ」

美花の唇が震えた。

どう？　なかなかの衝撃だったんじゃない？

震える唇が、言葉を吐き出した。

「やっぱり、美樹、あたしの日記を読んでたのねっ？」

思いもよらなかった反撃に、わたしは身を硬くした。

「あたし、本当は、宮下君とはそんな関係にはなってない！　つきあってもいない！　美樹、あたしの日記を読んでいたのねっ？」

全身の血の気が引いてゆく。

美花……わたしをだましたわね！

でも、いいわ。許してあげる。

あなたに対してはいかに寛大になれるのか、見せてあげるわ。あなたにわたしの愛を教えてあげる。

わたしは限りなく優しい声で言ってみる。

「ねえ、美花。落ち着いて。わたしは美花を愛しているからこそ、そうしたのよ。それに、美花のことがとっても心配だったの」

どうか、わたしの愛が美花に伝わりますように……。

「卑怯者！」

予期しなかった言葉に、わたしの頭の中は怒りの色に染まった。

火傷《やけど》しそうなほど熱い怒り――それが、わたしを動かした。美花の胸倉をつかみ、頬を打つ。

彼女は床にくずおれた。

その瞬間、なんともいえない奇妙な感情が流れ込んできた。

これは、なに？

甘い疼《うず》きだわ。劣等感……それに、自己卑下。自己否定。それから……？　服従することの悦び。快感。

まさに震えるほどの快感。

もしかしたら、これって……そういうことなの？　ねえ？

そういうことだったのね、美花？　そうなんでしょう？

わたしの心は奇妙な高揚を感じていた。胸が締めつけられるほどの欲望が湧いてくる。なぜ美花がわたしを煙たく感じて遠ざけようとしていたのか、その本当の理由がとうとうわかった。彼女は、同じ姿をしていながらも自分より優秀なわたしに対して、心の奥底では平伏《ひれふ》したいほどの崇拝の念をいだいていたのよ。それは、畏怖に基づく感情だった。そして、わたしが一方的に美花の心を感じられるという事実を、彼女は知った。わたしに対して無防備に心を晒《さら》してしまう美花は、裸の奴隷のようなもの。その恥辱と無力感が、わたしに屈服するところまで彼女を追いつめたんだわ。

良和が言っていたっけ。快感とは薄められた苦痛であり、時として愛もまた薄められた恐怖であるのだ、と。彼は、このことを予言していたんだわ。

妹への服従――美花はそうなることを恐れる一方で、そうなることを確信していた。なぜなら、彼女自身が心の奥底ではそうしたいと望んでいたから。

美花の心の奥深くに眠っていた金脈を、わたしはとうとう掘り当てたわけね。わたしは絶対的な存在として、美花の上に君臨できるんだわ！

わたしは美花の髪をつかみ、立たせた。

美花は小さな悲鳴をあげたものの、抵抗することはなかった。

彼女の心の甘い疼きはますます強まり、わたしはそれに酔い、息を乱した。

そのまま、ベッドの上に彼女を乱暴に突き飛ばす。

シーツの上に、長い髪が広がった。

わたしと同じ顔が、おびえた表情でわたしを見つめる。

ああ、素敵。

加虐の欲望が、わたしの内で燃えあがる。

パジャマの下で、若い肉体が息づいている。わたしとDNAを分かちあった、愛しい分身。

わたしたちは無理やり引き裂かれたのよ。だから、これから一つに戻らなければならないわ。一刻も早く。

美花、あなたもわかっているんでしょう？

もどかしい思いで、わたしは美花のパジャマのボタンを外しはじめた。

途中、彼女が抵抗するようなそぶりを見せたので、耳許《もと》で言ってやった。

「今さら恥ずかしがることなんてないじゃない。わたし、あなたがどんなふうに自分の体をかわいがっているのか、よく知ってるのよ。あなたの体のどこが感じやすいかも……。ね？　それに、わたしたちは他人ではないのよ」

世にも美しい感情が、わたしの中に流れ込んできた。

羞恥と屈辱感。燃えあがろうとする快感の種火。欲望に伴う渇望。絶望の中で輝く希望。わたしに対する崇拝と反感に、癒しがたいほどの劣等感。そして、めまいを伴う恍惚。

モザイクのように複雑で美しい感情！

わたしの内側は、たちまち熱い愛液で潤ってくる。

勝ち誇る思いで微笑みながら、わたしは美花のパジャマのズボンの中に手をさし入れ、下着の上からその部分に触れた。

布地は湿っていた。寒気がするほどの悦びを感じ、そこを指先で軽く押した。

とたんに美花はビクリと反応し、わたしの全身にも鮮やかな肉体的快感が広がる。わたしと美花は同時に息を呑んでいた。

ああ、なんて素敵なこと！　わたしたちは一つになりつつあるんだわ！

すでにわたしは欲情に支配されていた。さらなる快楽を味わうため、美花の下着とパジャマを膝《ひざ》まで下げ、指を秘められた花弁へと滑らせる。

わたしの指は、蜜の中を転げまわる虫のように花びらを乱した。

「美樹……やめて……」

美花が哀願するような口調で言った。目には涙がたまっている。

実際、彼女の心は羞恥と屈辱に乱れていた。だけど、それは欲情を燃えあがらせる油の役目を見事に果たしている。

なんていやらしい子！　だけど、愛しているわ。だれよりも。

わたしは美花の唇に唇を重ねた。歯並びを確認するように舌を滑らせたところで、美花の舌の歓迎を受けた。

わたしたちは、互いを味わう。

満足感と共に、わたしは美花の肌に唇を這わせはじめた。右胸にまでたどりつき、ふたたび片手を美花の脚の間に侵入させる。

潤いに導かれるように、わたしの人さし指は沈んでいった。

美花が反応する。

わたしは親指で彼女の真珠を優しく押して、さらなる反応を楽しんだ。

頭の中で快感が高まってゆく。まさに昇りつめてゆく感覚。

美花、わたしを連れていって！　もっともっと、高いところへ！

「美樹。もう、やめて……。あたしたち、こんなことしちゃ、いけない……」

なにを今さら！

美花の弱々しい哀願を、わたしはせせら笑ってやる。

そして、乱暴に指を引き抜くと、粘液にまみれた掌で美花の頬を張った。

「逆らうんじゃないわよ、美花」

マゾヒスティックな快感が伝わり、広がる。これまでわたしが知ることのなかった、妖しい快楽。

加えて、わたしの心からはサディスティックな悦びが豊かな泉のように湧き出ていた。

その二つの感情は、美しく混ざりあってゆく。なんて強烈な快感……。

「あなた、いつも自分でやるときは、指を一本しか入れないわよね？　だけど、今日は一本じゃ済まないわよ」

美花の表情には、おびえの色が広がった。

わたしは二本目を入れた。

「美樹っ。痛い……」

美花が泣きそうな声をあげる。

確かに彼女の肉体は、圧迫を伴う痛みを感じていた。そして、この肉体的苦痛に導かれた、新たなる快感も。

彼女の内側で、わたしは人さし指と中指をよじりあわせ、左右に回した。

美花が押し殺した悲鳴をあげる。

恥辱と苦痛に耐えながらも快楽をむさぼる表情には、なんともいえない色香があった。

こんな美花を見るのは、生まれて初めて。わたしは新しい美花を発見したんだわ。

双子の姉を指で犯しつつ、わたしは犯される感覚もむさぼっていた。

熱い息を美花の耳許に吹きかけながら、わたしは言う。

「五年前、わたしは邪魔者を消したわ。あなたを愛していたから……」

美花の心は、恐怖に満たされる。だけど、その恐怖はたちまち、わたしへの愛に変わる。

「宮下君も、消していい?」

美花は必死で首を横に振る。妬《ねた》ましいぐらい健気《けなげ》ね。

わたしは続ける。

「なら、わたしの言うことを聞きなさい。わたしの言う通りにすれば、彼の命を助けてあげてもいいわよ。わたしはあなたを愛しているんだから。いいわね?」

美花は目を閉じ、弱々しくうなずいた。

彼女の切り裂かれるような心の痛みは、切ない色へと染まってゆく。

わたしは今、加虐の悦びと被虐の悦びを同時に味わっている。それは、最高の快楽。

これからもずっと、わたしはこの感覚にとらわれつづけるんだわ。きっと。

4

隣の美花の部屋には、さきほど、美花と宮下が入っていった。

夜十一時を過ぎている。

「美樹さん、本当にやるのですか?」

お行儀よく椅子に座っていた良和が、小声でわたしに訊く。

馴れ馴れしくベッドに腰かけたりしないところなんて、実に距離の取り方がうまい男ね。ちょっと見直したわ。

わたしは彼に問い返した。

「いやなの？」

「いいえ。ちょっと訊いてみただけです」

良和は乾いた笑顔を見せた。常に彼には、どこか老人めいた枯れた印象がつきまとう。

両親は昨日から旅行に行っている。

わたしは美花に命じて、宮下を家に呼ばせた。美花は宮下に、今夜は家には自分一人なのだと伝えているはず。

すでにわたしは美花を支配している。美花はわたしに刃向かうことはできない。服従こそが、彼女の望んでいたことなのだから。

わたしは自室で、良和と共に待った。

良和には、わたしから姉を奪おうとする同級生の男に思い知らせてやりたいので協力してほしいと言ってある。

良和は応じてくれた。彼は、美花に対するわたしの気持ちをわかっている。そして、彼自身、わたしの愛を求めている。貪欲にも。

あとは、美花がうまくやってくれるのを待つだけだわ。

ドアがノックされた。

「どうぞ」

美花がおずおずと顔を出した。バスローブ姿だった。

良和は美花に会うのは初めてのはずだけど、余計なことは言わずに、わたしの背後でおとなしくしている。

「美樹。言われた通りにしたよ」

「よくやったわね」

わたしは美花にキスしてやり、彼女の心の中の緊張感を楽しんだ。

そんなわたしたちを見ても、良和はなにも言わず、静かにしていた。あの日、わたしの心を垣間見た彼は、すでにわたしたちの愛を理解している。

わたしと良和は美花に従い、隣の部屋に行った。

宮下は、ちゃんとそこにいた。

全裸で後ろ手に手錠をかけられ、ベッドに転がされている。足もしっかりロープで縛ってあり、猿轡《さるぐつわ》を嚙まされている。

いい格好だわ。美花はわたしが命じた通りにやってくれた。

良和は幸福そうに微笑んだ。この状況に不釣りあいな笑顔は、まさに彼の本性を感じさせた。

宮下の目は大きく見開かれている。驚きと恐怖、そして混乱で。彼の感情を味わうことができないのが、実に残念だわ。

ベッドの下に、彼の足を縛ったロープの残りが置いてある。わたしはそれを手にした。

「この子、押さえてて」

わたしは良和に手伝わせると、美花の手首を背中にまわし、縛った。そして、かすかに震えている美花を、床に突き飛ばす。

「良和。好きにしていいわよ」

わたしが言うと、良和はきれいな微笑みを浮かべたまま美花に襲いかかった。

フローリングの床に美花の髪が這う。バスローブがはだけ、小ぶりだけれど形のよい胸があらわになる。

瞬時のうちに、わたしは意識を研ぎ澄ませ、美花の心を味わう。

限りなく美味な感情が、わたしの中に流れ込んできた。

押し寄せる恥辱感が、飢えに近い期待感を喚起し、その期待感がまた、恥辱感をあおる。

縛られた手首が痛い。床が冷たい。

かわいそうな美花。だけど、そんなかわいそうな美花が、わたしは大好き。

美花の両脚が大きく割り開かれた。かつてだれにも見せたことのない姿態を三人もの人間の目に晒され、彼女の心に屈辱感が噴き出す。ああ、ゾクゾクしてしまう。

一方で、純粋で単純な、初めての男に対する不安感が膨張してゆく。自分のときよりも、切ない味がするわ。

やっぱり、わたし、美花を感じるのが大好き。

良和もまた、これからじっくりと美花を感じてくれるはず。彼女の感覚や感情ではなく、断片的な思考や記憶を。

しっとりと濡れた内側に、痛みを感じた。美花が良和に無理やり貫かれた瞬間だった。

美花は泣き声に近い悲鳴をあげる。

良和が腰を動かす。それが生々しい波動となって全身に広がってゆく。

ああ、良和、素敵よ。

わたしは深いため息をついた。

とってもいいわ、良和。あなたの愛らしい楔《くさび》を、美花の肉体に打ち込んでやって。もっと、もっと感じさせて。わたしたちを。

美花もわたしも、とっても欲張りなの。だから、たっぷり満足させて。良和、お願い……。

美花の素晴らしい感覚は、苦痛と恥辱を、強烈な快感に昇華させる。

全身の力が抜けてゆき、わたしは思わず座り込んでしまいそうになる。

宮下は魅入られたように二人を見つめていた。

彼の下半身に屹立《きつりつ》しているものを発見し、わたしは思わず笑いを洩らした。あさましい男ね。

わたしは一枚一枚、服を脱いでいった。たちまち宮下の目は、わたしに釘づけになる。焦らすようにゆっくりと、だけど、女王のように堂々とした動作で、わたしは身を包んでいたものから解放されてゆく。

最後の一枚からも解き放たれ、わたしは宮下に歩み寄っていった。

美しい男。

男性としては華奢な良和の体も美しいと思ったけど、ほどよく筋肉のついたこの引き締まった肉体もまた、格別に美しいわ。

わたしの頭の中では、良和に犯される美花の快感が破裂寸前になっている。

それを味わいつつ、わたしは宮下の上に跨《また》がった。

わたしの女の部分が雄を咥《くわ》え込む。精を吸い尽くそうとあさましくうごめく。まるでわたしの意志とは関係ない器官のよう。

ああ、熱いわ。切なくなるほど深い快感。

これは美花が恋していた男の味。美花が味わうべきだった感覚。

素敵。まるでわたし、美花になってしまったみたい。

宮下が猿轡を噛みしめ、くぐもった声をあげる。

逃れようとしているのか、それとも快感に引きずられているのか、何度も全身をのけぞらせる。そのたびに肩から首にかけての骨格が美しく浮かびあがり、喉仏が上下する。人が肉体の快楽を極めようとしているときの表情は、苦痛の表情に近い。やっぱり、快感は薄められた苦痛なのね。素晴らしいことだわ。

わたしの全身は内側の快感を高めようと、同じ動作を繰り返す。それがまた、宮下の肉体を熱くする。

美しい男。かわいい男。かよわい男……。

奇妙な愛情が湧き出てきた。良和に身をゆだねたときよりも、ずっと強烈な快美感。それがまた、美花の快感と混じりあい、わたしは何度も意識をさらわれそうになってしまう。

けれども、宮下が果てるのは早かった。

わたしには、ほとぼりのさめない体と、あっけない男を軽蔑するような気分が残された。

わたしは宮下の何千万だか何億だかの分身をティッシュペーパーで拭き取り、ごみ箱に投げ捨てた。

彼に背を向けてベッドに腰かけ、美花の表情と苦痛にゆがむ快感を味わう。

とても贅沢な気分だわ。一体、どこの国の権力者が、こんな快楽を知っていることかしら。

良和が美花の中に存分に欲望を放つのを待ち、わたしは声をかけた。

「良和、替わって。次は、この男を貸してあげるわ。好きにしていいわよ」

良和はなにも言わなかった。ただ、口許《くちもと》に笑みをたたえながらゆらりと立ちあがり、なんの迷いも見せず宮下にのしかかっていった。

わたしは、ぐったりと横たわっている美花に声をかけた。

「ねえ。わたしのここ、宮下君に汚されちゃったの。あなたの舌できれいにしてちょうだい。あなた、宮下君のことが好きなんでしょう？」

のろのろと身を起こした彼女の髪をつかんで、ひざまずかせると、わたしは彼女の顔を自分のその部分に押しつけた。

舌が触れ、ちろちろと淫らな動きを始める。

快感を味わいつつ、わたしは深いため息をついた。最高の気分だわ！

宮下がくぐもった悲鳴をあげた。

ベッドの上では、良和が宮下を後ろから貫いていた。美しい二つの肉体が、それぞれの快楽の源でつながっている。実に麗しい光景。

わたしはクスリと笑った。

「ねえ、美花。あなたの宮下君、良和にやられちゃってるわよ。もう、彼はあなたのものじゃないわね。宮下君は、良和の『女』よ。そして、わたしの『男』でもあるの。素敵ね」

美花の引き裂かれるような思いが、伝わってくる。鮮烈な快感にふちどられた美しい苦痛。

ああ、もっと……もっと刺激がほしいわ。わたし、どんどん欲張りになってしまう……。

猿轡の下で泣き声をあげつづける宮下にも、わたしは声をかけた。

「宮下君、どう？　好きな女の子の目の前で見知らぬ男に犯されるっていうのは？　なかなか素敵な経験なのではないかしら。たっぷりかわいがってもらうことね」

良和は腰の動きを速くする。彼独特の奇妙な微笑を浮かべたまま。

今、彼は宮下の思考を取り込んでいるんだわ。わたしたち三人は、良和の頭の中で一つになっているのね。想像すると、ゾクゾクしてしまう。

宮下の泣き声に、切ないような悲鳴が混じる。なかなかいい声を出す男ね。

彼も良和のことを気に入ってくれたのかしら。だとしたら、すでに彼はわたしたちの仲間ね。

わたしたちは、陽の光の中で軽やかに舞っていた蝶の翅《はね》をむしり取ることに成功したんだわ。宮下もわたしたちと同じ、じめじめとした地面を這う美しい異形の虫と化したのよ。

宮下の切なげな泣き声に刺激され、美花の精神的苦痛も鋭さを増してゆく。その一方で、甘露のような快美感が流れ込んでくる。

身が震えるほどの強烈な感覚に、わたしは思わずのけぞり、笑いを含んだ悲鳴をあげた。けたたましい南国の鳥のような声だった。

これからもわたしは、双子の姉を苛んでは、この快楽をむさぼりつづけるにちがいない。わたしは一生、美花から離れられないことでしょうね。

わたしは彼女に、完全にとらわれたんだわ。そして、彼女もまた、わたしにとらわれているの。

わたしたちは、真に幸福になれたのね。

レプリカント色ざんげ

ねえ、学生さん。こういうところは、初めてなんでしょう？

フフ。そりゃそうですよ。

寝物語で商売女に過去のことを訊くなんてさ、遊び慣れたお方なら、決してなさらないことですからね。

いいえ、悪かありませんよ。こっちにすれば、むしろあなた様の初々しさが、まぶしいくらいでしてねぇ。

お話しいたしましょう。まあ、たいした話じゃありませんが。期待されちゃ、あたしが困るぐらいでしてね。

こう見えてもあたしは、この世に生を享《う》けたときには、男だったんですよ。

倉橋《くらはし》電工製造のSR－29型の男性型レプリカント、それがあたしでした。もう百六十年も前のことになりますね。

いえ、当時はレプリカントという言葉は差別用語じゃなかったんですよ。全然。アンドロイドの中でも精巧なものや、人間と見分けがつかないものをそう呼んでいたんです。

十年前、レプリカントにも人権とやらが認められてからは、アンドロイドという呼び名が使われるようになりましたけどね。あたしが生まれた当時は、レプリカントという言葉のほうが、洒落た響きがあったもんですよ。

あたしは身長百七十四センチ、体重五十六キロのほっそりとした黒人青年としてデザインされました。ただし、髪は波打つ金髪、目はエメラルド・グリーン。髪と目だけは白人だったんです。

あたしを設計したレプリカント・デザイナーはヤマギワトオルって男でした。

おや。学生さん、ご存じでしたか。さすが、学のある方は違うねぇ。

あの頃はヤマギワトオルも一流と呼ばれてたけど、今じゃ知る人はほとんどいなくなっちまいましたね。あたしみたいに長持ちしてる人工脳の持ち主以外は、ね。

人間様は、寿命が短くていらっしゃいますからね。死んだり、生まれたり、死んだり、生まれたり……あたしから見れば、そりゃ、目まぐるしいもんですよ、人間様の人生は。

あたしの最初の主人は、倉橋電工帝国皇室のおかかえ占い師のレディKでした。

ご存じの通り、今じゃ、倉橋電工は巨大な一企業に過ぎませんけどね、当時は新興の惑星国家だったんですよ。もちろん、国家として独立する前は、やっぱり巨大な電気製品メーカーでしたけどね。

レディKは二十三歳の誕生日プレゼントに、倉橋電工帝国の第九皇子マヤヒトから、レプリカントを贈られたんです。それがあたしでした。

当時のあたしは最高級のレプリカントだったんですよ。庶民にはとても手が届かないようなお値段の。

まあ、高貴なお方にお仕えしていたって、あたしが奴隷であることに変わりはなかったんですけどね。

あたしの役目は、レディKを精神的、肉体的にお慰めすることでした。

ええ、セクサロイドとも呼ばれましたよ。けどね、あたしは性的にはまっさらなまま生まれてきたんです。よくあるセクサロイドみたく最初から性的な知識や技術をプログラムされてたわけじゃないんですよ。

ただ、セックスに関する才能は人工脳の中に仕込まれてました。ご主人様にかわいがられているうちに、その才能が開花するよう、プログラムされていたんですよ。

あたしはヤマギワトオルが開発した調教型セクサロイドSR－29型の一番最初のバージョンだったんです。

ですから、最初の夜は、そりゃあ戸惑いましたよ。初めてのセックスにのぞむ人間の男性以上にね。

だって、人の営みの中にセックスという行為があることさえ、あたしは知らなかったんですからね。

レディKはいつも黒い衣を着てベールで顔を覆っていました。だから、彼女の本当の姿を知る人はほとんどいなかったんですよ。

あたしだって、マヤヒト皇子に連れられて、レディKのお屋敷で彼女に引き合わされたときには、どうもピンときませんでしたよ。「彼女がおまえのご主人様だよ」って言われたところで、その肝腎のご主人様のお顔が見えなくちゃねぇ。

ただ、レディKが中性的な声をしていたのは、印象的でしたけどね。男とも女ともつかない、低くて澄んだ魅力的な声でした。

それでも、実は美しい人だなんて、あたしはこれっぽっちも想像しちゃいませんでしたよ。だって、美しい顔を隠したがる人が、どこにいます？

だから、ね。最初の夜には、驚きましたよ。

彼女は黒い衣装の下に、浅黒い肌の豊かな体と、くっきりとした目鼻立ちの美貌を隠していたんです。果実のような胸は、豊饒《ほうじょう》という言葉を連想させましたし、ミステリアスでいかにも意志が強そうな容貌は戦いの女神を思わせたもんです。

そして、ね。あのとき、さらにあたしを驚かせたのは、自分の体の変化でした。ベッドの上でレディKの裸を目にしただけだっていうのに、自分の男の部分が変化するじゃありませんか。何事かと驚きましたしね、心の底から感動しましたよ。

あの頃のあたしは、本当に無邪気でした……。

ねえ？　今のあたしからは、想像できない清らかさでしょう？　あの初心《うぶ》な坊やが、今じゃ、これですからねぇ。

熱く硬くなった部分に彼女の手が触れたとき、思わずあたしは声をあげてしまいました。快感と驚きと戸惑いのせいで。

そうしたら、レディKは「我慢なさい」と言うじゃありませんか。そのときは、声を出すのを我慢しろって意味かと思いましたが、違ったんですよね。

あたしにも、すぐにわかりました。硬くなった部分からなにかを放ちたいという衝動が湧き起こってきましたからね。

だから、いきなりその部分をレディKの口に含まれたときには、こっちはそりゃ、狼狽《ろうばい》しましたよ。

なのに、そうされた瞬間に、あの温かく濡れた感触に完全にとらわれてしまって……あぁ、今となっちゃ本当に懐かしいよ、あの感覚が。

ベッドの上であたしはひどく乱れて、とんでもない声をあげたものです。必死で「いけません」って繰り返したけど、レディＫは離してくれなくてねぇ。

我慢できなくなって、そのことを必死に伝えたら、返事の代わりにレディＫは強く吸うじゃありませんか。

ついにあたしは放ってしまいました。

フフ……あの瞬間の感覚も本当に懐かしいですよ。

そうして、ね。次にレディＫは、女性の部分が濡れることと、そこが男を優しく迎え入れてくれることを教えてくれたんです。

あたしは感激のあまり泣いていました。あんなに気持ちのいい、幸せな行為があったなんて、想像もしてなかったんですよ。この世に生まれてきたことを、心から感謝したものです。

ま、今じゃ、そんな感謝の気持ちなんざこれっぽっちも持ちあわせちゃいませんけどねぇ。

お恥ずかしい話ですがね、あのとき、あたしは恋に落ちたんです。人間様に対してレプリカントがね、身の程知らずにも。

最初の夜、レディKはあたしに名前をつけてくれました。アンジー、と。

あたしは、その名前を自分の口で何度も繰り返してみたもんです。アンジー、アンジー、って。

それは、彼女があたしにくれた最高のプレゼントでしたよ。後にあたしは、それすらも失うことになるんですが、ね。


幸せな時期は、そう長くは続きませんでした。

まあ、幸せがずっと続いたら、それは「幸せ」じゃなくて単なる「日常」になってしまいますけれどね。

幸せってものは、習慣性のある毒なんですよ。一度手にしちまったら、それだけじゃ我慢できなくなる。もっと大きな幸せがほしくなる。

反対に、一旦は手にしたはずの幸せが逃げちまったときには、そりゃもう、ひどく悩み苦しむもんです。

あたしの不幸は、レディKに飽きられたことでした。

しかも、あたしのテクニックが申し分ないレベルに到達したとき——つまりは、レディK専用のセクサロイドとしてあたしがそれ以上は成長しなくなったときに、彼女はあたしを物のように扱うようになったんです。

「物のように」って表現も、なんかおかしいですね。実際、この身は単なる物なんですから。

最初のうちは、あたしに対するレディKの仕打ちも性的なゲームの要素がありました。

たとえば、ですね……。

ある日、レディKはあたしに赤いドレスを着せて、自分と同じように顔を隠すベールをかぶらせて、自分の弟子だと偽って倉橋電工帝国の後宮にあたしを連れてったんです。

普段からレディKは、しょっちゅう後宮に請《こ》われていたんですよ。皇帝が惑星内外から集めた美女たちの無聊《ぶりょう》を慰めるために、って。

後宮の中庭にはレディKのためにテーブルと椅子が用意されてました。そして、何十人もの美しい女たちがそこに集まってたんです。

レディKは愛用の水晶玉と二十日鼠を入れた籠をテーブルに置くと、優雅な動作で椅子に座り、二十日鼠の首を切り落として最初の女を占いはじめました。

レディKの占いは、殺したばかりの二十日鼠の霊と交信して、成仏させてやるのと引き換えに、死霊にしか見えない事実や未来や過去を教えてもらうってものでした。ですから、レディKは占いを終えるたびに、殺した二十日鼠のためにお経をあげるんですよ。

その日、レディKは順番待ちをしている女たちに、時間つぶしのためにと、あたしを与えたんです。

女たちはあたしを裸に剝《む》いて……ドレスとベールの下から男の肉体が現われたのを目にして、歓声をあげましたよ。フフフ。無理もありませんよね。

あたしは抵抗できないよう縛られて、中庭の芝生の上に転がされました。もちろんあたしは、恐ろしさのあまりガタガタ震えてましたよ。

最初は捕えた珍獣を前にしたように、指先であたしの体をつっついていた女たちも、一人があたしに跨《また》がると、そのあとは奪いあいになりました。

調教型セクサロイドの悲しいところはね、どんなことでも性的な意味がある行為を受ければ、たちまちそれを快感に変化させてしまうことなんです。

そのとき、あたしは裸で縛られることと、女性に無理やり、しかも衆人環視の中で次々と犯されることに興奮を感じるようになってしまったんです。

疲れて行為が続けられなくなったところで、今度は、順番待ちをしていた女の一人が、あたしを鞭で打ちました。どうなったと思います？

当然、その仕打ちを、あたしのいまいましい肉体は快感として認識しましてね。あの部分が反応したものだから、たちまち、その女に犯されましたよ。

そのあとは、もう、続けることができなくなるたびに鞭打たれて、しまいにはあたしの体は傷だらけのボロボロになっちまいましてね。さすがに動けなくなりましたよ。

ええ。体を傷つけられれば、生身の人間と同じように血を流しますよ。

それに、人と同じ治癒能力があるんです。と言っても、傷の治癒に似た自己修復をするよう、プログラムされてるだけの話ですけどね。

もちろん、暑ければ汗をかきますし、寒ければ鳥肌を立てます。食事によってエネルギーを摂取して、トイレにも行きます。

排泄物だって、人間様とそっくりですよ。だって、ほら……排泄物に性的な意味を見出す人も中にはいるでしょう？

それだけ精巧に作られてるんですから、ひどく痛めつけられれば当然動けなくなります。人間様と同じ反応が出るように作られているんですよ。もちろん、サディストのご主人様にもご満足いただけるように、ね。

え？　痛み？　もちろん感じますよ。

あのとき、動けなくなったあたしに、レディＫは冷たく「歩けないなら、ここに置いていってあげましょうか？」って言ったんです。

立ちあがることすらできない状態で、あたしはレディＫの足にすがりついて、泣いて懇願しましたよ。連れて帰ってください、って。

結局、女たちはあたしにもう一度ドレスを着せて、飛行車で送ってくれましたけどね。あのまま置いてかれてたら、あたしは死ぬまで女たちに責められてたことでしょうねぇ。

あのとき、あたしが鞭打たれて欲情したものだから、レディKは調教型セクサロイドのプログラムの無節操ぶりに気づいてしまったんです。

そして、彼女は自分の友人たちにあたしを貸し出すようになりました。

いろいろな人と肌を合わせて、いろいろな目に遭わされましたよ。

鞭打つ以上にひどい痛めつけられ方は、何度もされました。あらゆる方法で。

同性にも異性にも犯されましたし、人前での排泄を強要されたり、いろいろなフェティッシュなプレイをさせられたりもしました。雌の動物と交わることも強いられましたし、そのあとは雄の動物に犯されましたよ。

だけど、どんな辛い行為でも、初めて経験するたびに、あたしの体はそれを新たな快楽として覚えてしまうんです。あさましいものですよ。

え？　精神的な喜び？　そんなものは、ありませんよ。

あたしはレディKを心から愛し、敬《うやま》ってたんです。あたしが一途に望んでいたのは、彼女の愛情だけだったんです。

だから、あたしは常に愛情に飢えてました。なのに「愛する人に、ほかの者とのセックスを強要される」という状況もまた、あたしの肉体は一種の性的なプレイとして認識してしまうんです。実際、あたしは、その状況に欲情してしまい……地獄でしたよ。

ええ、地獄でしたとも。肉体的な悦びが、精神的な喜びにつながらない。心と体が引き裂かれるような思いを味わい尽くしましたからね。

そして、ある日あたしは、レディKと第九皇子マヤヒトが単なる親友同士ではないことを知ってしまったんです。

レディKとマヤヒト皇子は男女の仲だったんですよ。しかも、レディKより五つ歳上のマヤヒト皇子には、何人もの愛人がいました。

レディKはマヤヒト皇子を一心に愛してました。若い彼女には、彼しか眼中になかったんです。彼女は彼女なりに幼かったんですね。

そんなレディKの一途な思いが重荷になったんでしょう。マヤヒト皇子は彼女の情熱を分散させる意図で、あたしを彼女にプレゼントしたんです。

ええ。レディKはそのことを知ってましたよ。だって、そう聞かせてくれたのは、レディK自身なんですから。

一時はあたしに興味を示したレディKも、やがて飽きてくると、その事実が腹立たしくなってきたんでしょうね。

彼女はあたしに言いましたよ。「おまえでは、マヤヒトの代わりになんかならない」って。

マヤヒト皇子は美男でしたよ。だけど「男前」という表現はちょっとしっくりきませんね。

線の細い、女みたいにきれいな方でした。絹のような黒髪に切れ長の目の、妖艶《ようえん》だと言ってもいいような男性でしたね。

レディKは、マヤヒト皇子の愛人たちに嫉妬してました。彼を独占したかったんですよ。よくある話です。

そして、あたしはあたしで、レディKと深い仲にあるマヤヒト皇子に嫉妬してたんです。

レディKは、他人に嫉妬することの苦しさを知ってましたからね、ことさらにマヤヒト皇子の話を持ち出しちゃ、あたしの嫉妬をあおって、それを楽しんでいましたよ。

そもそも、あたしがマヤヒト皇子によって贈られた「代理」のレプリカントだったからこそ、レディKはあたしに複雑な憎しみをいだくようになっていったんです。つくづく不幸な関係でしたよ。


月に一度、レディKは占いで殺した二十日鼠の霊を慰めるために、豚を屠《ほふ》ってました。何百匹もの二十日鼠の死を、一頭の豚の血で贖《あがな》うんです。

レディKの屋敷の庭にはそのための石の祭壇がありました。

儀式では、祭壇にはめ込まれてる鉄の輪に豚を縛りつけて固定してから、ナイフで全身を切り刻んでゆっくりと殺すんです。

あの日——レディKは、特にいつもと様子が変わっているようには見えませんでした。けど、午後になったら彼女はあたしを裸にして、石の祭壇に縛りつけたんです。豚の代わりに。

あの頃、彼女とマヤヒト皇子の間になにがあったのかは、あたしも知りません。けど、おそらくは、マヤヒト皇子の言動がレディKを深く傷つけて、彼女を激怒させたんでしょうね。

ええ、確かに、レディKはマヤヒト皇子に対してひどく怒ってましたよ。なのに、彼に愛想を尽かすわけでもないんです。

レディKはマヤヒト皇子と別れようとはしなかったんですよ。決して。

きっと、独占欲を原動力にした怒りには、相手への執着を弱める作用はないんでしょうね。難儀なもんですよ。

祭壇に括《くく》りつけられたあたしは、レディKの手にナイフがあることに気づいて、震えあがりました。それまでは、彼女にされることをほんのたわむれ程度だろうとしか思ってなかったんですよ。

そりゃ、もう、あたしは必死に許しを乞いましたよ。

けれども、聞き入れられるはずはなかったんです。あたしは生贄《いけにえ》だったんですからね。

豚の代わりの。

レディＫのナイフがひらめいて、次の瞬間、あたしの黒い肌は裂かれました。鼓動に合わせて痛みが走って、ドクドクと血が流れ出して……。

豚を屠るときと同じやり方で、レディＫはナイフを振るいました。一度で致命的な傷を負わせるんじゃなくて、一寸刻みに、ね。

生贄の豚は、その一ヵ月で占いのために犠牲になった何百匹かの二十日鼠の苦しみを一身に背負わなければならないんです。苦痛を感じなくちゃ、生贄の意味がないんですよ。全身を少しずつ切り裂かれていく痛みと恐怖に、あたしは泣きながら何度も許しを乞いました。

なのに、レディＫの返事は冷たいもんでしたよ。

「おまえは偽の人間だわ。だから、おまえの苦しみも偽物。おまえの言葉も、すべて嘘」

だけど、あたしにとって、その苦痛は本物でした。だって、生身の人間と同じ痛みを感じるように作られているんですからね。

そのくせ、あたしの男の部分は興奮を示しているんです。手足の自由を奪われたまま、愛する女に少しずつ傷つけられてゆく苦痛すら、あたしの体は快感と認識してしまうんですよ。

そう。レディＫが手にしたナイフで裂かれることは、あたしの肉体にとっては愛撫だったんです。

切りつけられて苦しみながらも、あたしは三回も射精しました。祭壇は、あたしの血と涙と汗と精液に濡れて……。

傷が増えるにつれて、痛みはあたしの体を覆って、ついには毛布のようにあたしの全身を包んでしまいました。

あたしは苦痛を感じるように設計されたことを、心から呪いましたよ。当然、苦痛を快感に昇華させてしまうプログラムを組み込んだヤマギワトオルをも憎みました。

肉体から流れ出てゆく血と一緒に、体温も失われていきました。さすがに、あたしの性器も興奮を示さなくなりましたよ。

覚悟を決めたあたしは、レディKに告げたんです。

「ぼくはもう死ぬでしょう。だけど、あなたが死ねとおっしゃるのなら、喜んで死にます」

けれども、レディKは言ったんです。

「どうせ、おまえの死も偽物よ」

その冷たい言葉に、あたしは泣きながら息を引き取りました。

そう。あのとき、確かにあたしは一度死んだんです。

けど、レディKが言った通り、やっぱりあたしの死は偽物の死だったんですよ。

気がついたら、柔らかなベッドの上でした。

あたしは驚きました。自分は死んだとばかり思っていたのに、しっかり生きてたんですからね。

レディＫに切りつけられた傷は跡形もなく消えているどころか、あたしの肉体そのものがおそろしく変化していました。

あたしは、白い肌のほっそりとした女になっていたんです。全裸だったので、すぐにそのことに気づきました。

ええ、もちろん、驚愕しましたよ。

そこは、あたしの知らない部屋でした。よく知ったレディＫの屋敷ではなかったんです。

部屋には、あたしのほかにはだれもいませんでした。部屋の広さや豪華な調度品から、そこはレディＫよりも裕福な貴族の館じゃないかって思えました。

それから、大きな鏡が壁に掛けられているのに気づいて、あたしは自分の体をそこに映してみたんです。

波打つ銀色の髪に水色の目をした、十七歳ほどの娘――それがあたしでした。自分でも知らない間に妖精めいた痩身の美少女に変身してたというわけでね。あれは、ちょっとした感動でしたよ。

次にあたしは鏡の前に座って、両脚を広げて、自分の性器を映してみたんです。銀色の小さな茂みの奥に、深い紅色の亀裂がありました。

そこは、レディKのものとはかなり違っていました。レディKの襞《ひだ》は大きくて、色も茶色がかっていましたけど、あたしのものは襞が小さくて、濃い紅色をしてたんです。

あたしは襞をそっと開いてみました。ハッとするほど美しいサーモン・ピンクに、思わず目を見張りましたよ。

男だった自分がこんなに美しい裸の娘を目にしたら、きっとあの部分はたちまち変化していただろうって、ぼんやり思ったもんです。なんだか不思議でしたね。

あたしはベッドに身を投げ出しました。

一体これはどうしたことだろうと、いろいろ考えを巡らせているときに、ドアの外で足音がしたんです。あたしは思わず身構えました。

そして、ドアが開いて……部屋に入ってきた人を見て、あたしはひどく驚きました。それは、レディKの恋人で、あたしの恋敵でもある、第九皇子マヤヒトだったんです。

彼はあたしに言いました。

「今日から、わたしがおまえの主人だ」

そして、少し考えてから、つけ加えたんです。

「おまえを照日《てるひ》と名づけよう」

すぐにあたしは覚《さと》りましたよ。一度死んで改造された自分は、レディKからマヤヒト皇子に譲られたんだ、って。

レディKの意図はさっぱりわかりませんでした。あたしを苦しめるためだけにこんなことをしたのか、あるいは、これからマヤヒト皇子をなんらかの罠にかけるつもりなのか、それとも、単なる性的なゲームなのか。

もちろん、マヤヒト皇子は照日と名づけたレプリカントの正体が、自分がレディKに贈ったレプリカントのアンジーだなんて、夢にも思っちゃいませんよ。

マヤヒト皇子との最初の夜、あたしの体はレディKと同じように濡れました。

そして、女性が感じる快感の凄まじさを知ったんです。射精の快楽なんかくらべものにならない延々と続く快感と、全身がバラバラになりそうなエクスタシー……。

ただし、体の内にマヤヒト皇子を迎え入れているその瞬間にも、あたしは彼に嫉妬して、彼を憎んでいたんです。

心では苦悩しているっていうのに、体は快楽を味わい尽くそうと反応するんです。たまったものじゃありませんでしたよ、まったく。

やがて、レディKから接触がありました。宮殿の「龍の庭」の噴水近くで待っている、と。

そのときは心底ホッとしましたよ。こっちとしても、銀髪の娘にあたしを改造してマヤヒト皇子にプレゼントした、その理由をレディKから聞かないことには、おさまりませんからね。

約束の日の約束の時間、龍の石像のある噴水のへりに座って、レディKはあたしを待っていました。水晶玉を入れた鞄と、二十日鼠が入った籠をかたわらに置いてね。

あたしが説明を求めたら、彼女は言いました。

「おまえをマヤヒトの許《もと》に送り込んだのは、彼をおまえに夢中にさせるため。おまえの役目は、彼の愛人たちを排除することよ」

そして、レディKは、さも優しげにつけ加えたんです。

「おまえだけが頼りよ、アンジー」

レディKがつけてくれたその名で呼ばれると、あたしはうれしくてうれしくてしかたなくてねぇ。

それからは、あたしはマヤヒト皇子に気に入られるように、懸命に彼にお仕えしたんです。

彼が好むようなドレスを着て、彼が好むようなふるまいをして、夜の営みでも彼の好む方法で彼を悦ばせ……。

あたしがレプリカントだったからこそ、マヤヒト皇子も愛人たちには言えなかった欲望を打ち明けることができたんでしょうね。

彼が最も好んだのは、女装姿で女性に犯されることでした。女物の繊細な下着を身につけて、美しいドレスを着て、お化粧をして、そして、緊縛される。あたしは、彼を美しい女の子と誤解して狼藉に及ぶレズビアンを演じるんですよ。

最初は、縛りあげた彼を女の子として扱って「ずっと前から、美しいあなたを狙っていたの」なんて言いながら首筋にキスをしたり、足の指を口に含んだりするんです。「ひどいことをして、ごめんなさい。だけど、こうでもしなくては、あなたはわたくしのものになってはくれなかったでしょう？　ここまできたら、絶対、いい気持ちにしてあげる。決してがっかりはさせなくってよ」

——なんてさ、よくやりましたよね、あたしも。

まあ、こっちは、相手の性的ファンタジーを実現することによって新しいプレイを身につけていく調教型セクサロイドですからね。そっちの方面では、自然に才能を発揮してしまうんですよ。

あたしはそれから、マヤヒト皇子のドレスの中に手をさし入れて……興奮を示して下着からはみ出している男性器を発見する、というシナリオです。その間ずっと、マヤヒト皇子はもがいたり、うめいたり、恥辱に顔をそむけたりしてるんです。

あたしは「おお、いやらしい。こんなもの、じかにさわれるものですか」って言って、下着の上から彼のペニスを握って、こすりあげるんです。

それから「わたくし、美しい娘たちには指でたっぷりとご奉仕してあげるけど、おまえにはこれで充分」って、今度は彼のアヌスに野菜や果物を挿入して、動かしてやるんですよ。

マヤヒト皇子は我慢できなくなって、しまいにはドレスの中に射精してしまって――それをまた、あたしは言葉で嬲《なぶ》るんです。

え？　あたしのほうですか？　まあ、楽しむ以前に、快感に乱れて何度も射精するマヤヒト皇子が小憎らしくてねぇ。

あまりにも腹立たしいから、鋏《はさみ》を取り出して「ちょん切ってあげましょうか？」って脅したこともあります。マヤヒト皇子は泣いて拒絶しましたがね。結果的にはあの脅しで、あたしはますます彼を燃えあがらせてしまったわけですよ。

伯爵家で開かれた小さなパーティに、マヤヒト皇子はあたしを連れて出席しました。そのとき、あたしはふたたびレディKに会ったんです。

パーティの趣旨は、酒を飲みながら他愛ない恋愛談義をするというものでした。

その頃、マヤヒト皇子はあたしに夢中でした。レディKがプレゼントしてくれた素晴らしいレプリカントだと言って、彼は若い貴族たちにあたしを見せびらかしたんです。

貴族たちは、口々にあたしの美しさを誉め称えてくれました。

今になって思うんですけど、レディKはこのときばかりはあたしに対して嫉妬を感じてたんじゃないでしょうかね。

レディKの計画は、うまくいきすぎたんです。マヤヒト皇子はあたしに夢中で、後にレディKのことすら目に入らなくなってしまうほどだったんですよ。

だけど、少なくともそのときは、レディKはあたしを妬《ねた》んでいるようなそぶりは見せませんでした。

仮に、彼女が感情をおもてに出してたとしても、あたしは気づかなかったでしょうね。あたしはあたしで、それどころじゃなかったんですよ。ひどく動揺してましてね。

理由は、レディKが男性同伴だったからです。

しかも、その男性は、黒い肌に金髪のアンジーと名づけられたレプリカント——つまり、かつてのあたしだったんです。

レディKは、あたしの動揺に気づいてたはずです。なのに、知らん顔。いえ、面白がっていたんですよ。そういう人でした。

そのとき初めてあたしは、自分は改造されたわけじゃなくって、自分の人工脳がそっくりそのまま新品のレプリカントの肉体に移されたんだって、知ったんです。

それに、これはあとから知ったことですが、やっぱりその新しい肉体もヤマギワトオルがデザインした新型のレプリカントだったんですよ。

じゃあ、自分の肉体だったはずの黒い肌の青年に宿っているのは、一体、何者なのか？

あたしにとっては、そいつは泥棒でした。肉体泥棒、ですよ。

だけど、レディKはそいつを「アンジー」って呼んでるんです。かつてのあたしの名で。

あたしは「アンジー」に対して、気も狂わんほどの嫉妬を感じました。

もちろんそれは、マヤヒト皇子に対する嫉妬よりもずっとずっと激しいものでしたよ。

「アンジー」はあたしから肉体を奪ったうえに、レディKまでも奪ったんですから。

あたしは「アンジー」をチラチラと盗み見ているうちに、あることに気づきました。彼には、質問を口にするときに右眉を上げる癖があるんです。

あたしにも、そっくり同じ癖がありました。アンジーと呼ばれていた頃から。

もちろんそれは、レプリカントであるあたしに人間らしさを付与するために、設計者のヤマギワトオルが人工脳にプログラムしたものです。ですから、あたしが白い肌の少女の姿に変えられても、その癖は残っていました。

そこまで考えて、あたしはやっと、ある可能性に気づきました。

最初、レディKが連れてきた「アンジー」を見たときに、その体にはあたしとはまったく別の人工脳が移植されたのだとあたしは推理しましたが、それは間違っているんじゃないか、って。

つまり、アンジーだったあたしが死んだとき、その人工脳はコピーされて白い肌の娘の体にセットされた。本当は、あたしの人工脳は単なるコピー。偽物のアンジーはあたしのほうじゃないか、って。

レディKが席を外したとき、あたしはすぐさま「アンジー」に近づいて、質問しましたよ。「あなたは一度、レディKに殺されているわね？」って。

その瞬間「アンジー」は表情をこわばらせました。すかさず首を横に振って否定しましたけどね、彼は小刻みに震え出したんです。

間違いありません。祭壇に縛りつけられて、レディKに切り刻まれて殺された記憶を、彼もまた持っているんです。それは、あたしがアンジーだったときの最後の記憶であって、最も恐ろしい思い出でもありました。

あたしは確信しましたよ。自分の人工脳は単なるコピーなんだ、って。

「アンジー」が動揺しているのを幸いに、あたしはすぐさま背を向け、彼から離れました。本当は、あたしのほうが動揺して声も出ない状態でしたからね。

ええ。もちろん、あたしはレディKを恨みました。

そして、なにも知らずにレディKにお仕えしているアンジーを妬んで、激しく憎みましたよ。けど、彼はあたしなんです。あたしと同じ心を持って、あたしと同じ記憶を持つ人格なんです。

あたしはひどく混乱しましてね、しまいにはアンジーを憎んでいるのか、自分を憎んでいるのか、わからなくなりましたよ。

心は過去にないぐらい、妬みや嫉《そね》み、憎しみや恨みでグチャグチャに渦を巻いて、それは当然、あたしの心を傷だらけにしました。

だけど、あたしはそれをレディＫに訴えることができなかったんです。なぜなら、レディＫはあたしに恨まれていることを知れば面白がるにちがいありませんからね。あたしを苦しめることも、あたしに憎まれることも、彼女にとってはちょっとした刺激でしかないんですよ。悔しいことに。

あいかわらず、マヤヒト皇子はあたしとのセックスにのめり込んでいました。だけど、それがあたしには苦痛でたまらなかったんです。やっぱり、彼はあたしにとっては恋敵以外の何者でもなかったんですから。

そんなある日、あたしは宮殿の林の茂みの陰に、思わぬものを発見しました。そこには、アンジーが縛られて転がされていたんです。しかも全裸で。

そのちょっと前から、あたしは何人もの貴婦人があたりをふらついているのを見て、いぶかしんでいたんですが、これで納得がゆきました。

これは、レディＫが考案したゲームだったんです。宝探しのような、ね。アンジーを見つけた者が、彼を好きなようにできるわけです。

一糸まとわぬ姿で縛られて、猿轡《さるぐつわ》を噛まされているっていうのに、彼の股間《こかん》のものは欲望を示しているじゃありませんか。

あたしは笑いましたよ。それは自嘲でもあったんですけどね。だって、あたしがまだ男の肉体を持っていて、同じ目に遭わされたなら、当然、同様の反応を示してたでしょうからね。

幸い、アンジーを捜していた貴婦人たちは、彼には気づかずにそこを去っていました。あたしはドレスの下の下着を脱ぎ捨てると無抵抗のアンジーに跨り、彼を犯しました。つまり、自分をレイプしたわけですよ。

次にあたしは彼をうつぶせにさせると、尻を高く上げる屈辱的な姿勢をとらせました。そうして、尻を打ちながら、彼の好色ぶりを蔑《さげす》むかのような言葉を重ね、アヌスを指で犯したんです。

それは、アンジーだった頃のあたしの隠された欲望そのものでした。

全裸で緊縛され、猿轡を噛まされて、肉体を明け渡すような屈辱的なポーズを強いられたうえで、十代の美しい娘に言葉で侮辱されつつ尻を叩かれながら、たっぷりと時間をかけて指でアヌスを犯される。しかも屋外で。

――そんな状況を、アンジーだったあたしは夢想していたんです。それをあたしは、なぞってやったわけですよ。

アンジーは面白いほど乱れて、猿轡の奥で泣き声をあげながら、何度も果てました。その結果、彼はあたしに夢中になってしまったんですよ。相手が女性化させられた自分の成れの果てだとは知らずにね。

あたしの思惑通りでした。

あたしの人工脳が少女の体に移されてから、半年近く経っていました。その頃、マヤヒト皇子はあたしにのめり込んだ揚げ句、妻にしたいなんて言いはじめたんです。そのためには今の身分を棄てることも厭《いと》わない、と。

あたしを彼の許に送り込んだレディＫの目論見は、裏目に出たわけですよ。けど、あたしは、あいかわらずレディＫを一途に愛してたんです。

あたしはアンジーに戻りたかった。だけど、それはかなわない。

思いつめたあたしは、レディＫに対するささやかな復讐を計画しました。かわいさ余って憎さ百倍って図式ですね。

あたしは、すでに性の虜《とりこ》になっていたアンジーをそそのかして、レディＫが眠っている間に彼女の手足に枷をはめさせて自由を奪ったんです。

アンジーはあたしの言いなりでした。

自分が夢中になっている照日にそそのかされて、主人であり崇拝の対象でもあるレディKを性的な罠にはめる——そんなシナリオも、当然アンジーにとっては自分を興奮させるものだったんですよ。

アンジーがどんなにレディKを愛しているか、そして、自分の愛に応《こた》えてくれない彼女をどんなに恨めしく思っているかも、あたしは承知でした。そんなことは、過去の自分を思い出せばいいわけですからね。

だからこそ、こんなふうにアンジーの中のサディスティックな欲望を開花させることも、あたしにとっては容易なことだったんですよ。

あたしが部屋に入っていったとき、レディKはベッドの上でもがいてました。両脚の間にバーをはさんだ足枷で両脚を大きく割り開かれて、両手首は頭の後ろできっちり留められて、口には革の猿轡を噛まされて。

あたしはアンジーを下がらせました。

そうして、レディKを責めはじめたんです。

彼女には同性愛的な傾向はありませんでしたからね。女の肉体を持つあたしがいくら愛撫を重ねても、最初は嫌悪以外の反応を引き出すことはできませんでしたよ。

あたしは時間をかけました。彼女の内側に媚薬《びやく》を塗り込んで、指を使って、舌を使って、時々は彼女を休ませながら。

最初のうちは鳥肌を立てていたレディKも、だんだんと反応を示すようになってきましてね。内側がしっとりと濡れはじめて、乳首も硬く勃《た》って……。五時間半かけて、あたしはやっと、レディKを絶頂まで導くことができたんです。まるで根くらべでしたよ。

そうして、翌日の夜までには、アヌスで感じるまでに彼女を調教することに成功しました。

最初は抵抗していたレディKも、やがては自分の体から快感を導き出すことに協力的になってきました。あたしたちは、共犯めいた絆をいだくようになっていったんです。

あたしは自分がされた様々な責めを、レディKの体に教え込んでいきました。

彼女を鞭で打って、目の前で排泄させて、ディルドでアヌスを拡張して、屈辱的な言葉で嬲って……そんなことを繰り返して、四日後には、レディKは苦痛や恥辱にも乱れるようになっていたんです。

来客があっても、アンジーがうまくあしらいました。

レディKの日々の仕事も、アンジーが彼女に化けて巧みにこなしました。

元々、レディKの素顔を知る者はほとんどいなかったんです。ベールと黒い衣が、レディKの記号でした。おかしなものでね、それを目にした者は、中身まで彼女だと信じてしまうんですよ。

アンジーはレディKより数センチ背が高かったはずですけどね、その数センチの差に気づく者はいませんでした。

レディKの声が中性的だったのも、結果的にあたしたちには都合よく働きました。アンジーは簡単に彼女の声色をまねることができましたからね。いつもと声が違うと言われたときには、体調が悪いとでもこたえれば、それで済みます。

アンジーはあたしのために、実によく働いてくれました。けれども、あたしは彼を部屋に入れても、レディKには指一本触れさせはしませんでした。

それは、アンジーに対する復讐でもあったんです。レディKの許でのうのうと生きているあたしの分身に、あたしはあいかわらず嫉妬してたんです。

アンジーは従順でした。レディKの調教に夢中になっているあたしが彼を相手にしなくても、不平ひとつ口にしませんでした。

けれども、彼にしてみれば、ひどい疎外感を味わっていたんでしょうね。そうして、あたしとレディKの関係に嫉妬して……。

何日もの間、あたしにいいように使われて、しかも、まったく報われない。感謝はおろか、ねぎらいの言葉すらない。

アンジーは少しずつ怒りを蓄積させていったんですよ。

これは今だから言えることで、当時はそんなことには全然思い至りませんでした。あたしも愚かでしたよ。

本当のことを言えば、あたしは彼を見くびっていたんですよ。彼は自分と同じ心を持ったレプリカントだから予想外の行動に出るわけがない、って。

だけど実際には、アンジーが変わるには充分な時間が経っていたんです。いえ、もしかしたら、あたしが彼を変えてしまったのかもしれませんけどね。

あのときの彼は、たとえればほかの子供が持っているおもちゃがほしくてほしくてたまらない子供でした。そのおもちゃが自分のものにならないとわかったら、こっそり壊してしまうような、ね。

あたしは違いますよ。ほかの子が持ってるおもちゃを、なにがなんでも手に入れたくて、ついには盗んでしまう子供ですよ。でも、一体どっちの子供が、より罪深いでしょうねぇ？

一週間後、レディＫは完璧な奴隷になっていました。あたしの命令にはすべて従い、ひたすら「ごほうび」を待つだけの、性的な奴隷です。

今度は、あたしが彼女の上に君臨する番でした。

その頃、まったく顧みられなくなったアンジーは、たびたびあたしの気を惹こうとする行為に出ていました。おかしいでしょう？　相手は自分と同じ心、同じ記憶を持っている女なのに、そうとも知らず、ねぇ？

おまけにあたしは、それどころじゃなかった。深く考えもせず、実に簡単に、彼をあしらってしまったんです。

レディＫの調教に夢中になっていたあたしにとって、アンジーはどうでもいい存在だったんですよ。

そして、ある日——あれは、レディＫを監禁して二週間が経った日のことでした。

おしおきのためにレディＫを放置してたあたしは、部屋に戻ったとき、ベッドの上で血まみれになって事切れている彼女を発見したんです。

彼女は屈辱的なポーズで縛られ、猿轡をされ、アヌスにディルドを咥《くわ》え込まされたままでした。あたしが、そうしたんです。

胸には何ヵ所も刺された跡があって、床にはナイフが転がっていました。

それは、嫉妬に狂ったアンジーの仕業でした。あたしが部屋から出た隙に、彼はレディＫを殺してしまったんです。

あたしには、考えられないことでしたよ。レディＫを殺すなんて。彼女を自分の手で、決してだれの手にも届かない、自分にすら届かないところに送り込んでしまうなんて。

あたしとアンジーは、いわば人生の途中で分離されたシャム双生児でした。

アンジーは、あたしでした。あたしは、アンジーでした。なのに、枝分かれしたあとに、まったく別の人格になってたんです。たった半年で。

双子だって全然違う環境で育てれば、まったく違うタイプの人間になるんでしょうね。事によったら、一人が徳の高い聖職者に育って、もう一人が残忍な殺人鬼になってしまうことだってあるでしょう。

それにしても、人はなんで他人に執着せずにはいられないんでしょう。他者への執着には、一体どんな意味があるんでしょうね。

人は意識的にも無意識のうちでも、おのれを尊重するよう他人に求めるものでしょう。太古からそんなふうにして自分の身を守り、優秀な異性と交わって優れた子孫を遺そうとしてきたんでしょうね。

おそらく、他者への執着に欠けている人間の遺伝子は残らなかったんですよ。今現在、生きている人々は、他者への執着によって自然淘汰をまぬがれた者の子孫なんですよ。

だから、人が人に執着するのは、自然なことなんでしょう。

けど、あんなにも他人に執着することがなければ、人はもっと幸福になれるのに、ってあたしは思いますよ。

あれは、あたしとアンジーの人工脳が人間そっくりの感情の働きを示すようプログラムされていたことが原因で起こった悲劇でした。

レディKを失ったあたしは、身を裂かれるような喪失感に苛《さいな》まれました。別れが訪れるなら、いっそ最初から出会いたくなかった、とまで思いましたよ。

あたしとアンジーは、殺人の罪で捕えられました。

ひょっとしたらマヤヒト皇子が救いの手をさしのべてはくれないかって、あたしは甘っちょろい期待をいだきましたけどね。ついにそんなことはありませんでした。当然でしょうね。

マヤヒト皇子はあれから四年後に飛行車の事故で亡くなったって聞いてます。本当に人間様の命ははかないものです。

当時のレプリカントに対する刑罰は、過酷なものでしたよ。

ええ。死刑以上に残酷な刑です。

あたしたち二人は、無料で使用できるセクサロイドとして、大都会の裏通りに建てられた粗末な小屋に拘束されましてね。

ベッドに鎖でつながれて、いわば公衆便所のように気軽に使われて、百年もの間、毎日毎日、大勢の男女に犯されつづけたんです。倉橋電工帝国がクーデターに倒れても、あたしの生活は変わりはしませんでした。

何度も自殺を図りましたよ。肉体は快楽の中にあっても、精神的にはボロボロでしたからね。

何度かは、死ぬことに成功しました。けれども、毎回、無理やり蘇生させられるんです。

修復できないほどひどく肉体を傷つけたときには、新品の肉体を用意されましたよ。

やがて、あたしはあきらめました。死ぬことを。

それが百年続いて……次に、あたしたちはそれぞれ、新たな肉体に閉じ込められました。

今度は、無料の公衆便所じゃなくて、労働の対価が支払われる娼婦にされたんです。ただし、その報酬はあたしたちが手にできるわけじゃない。すべて、この娼館の運営資金にまわされてしまうんですけどね。

アンジーの人工脳もあたしと同じように、獣の肉体に閉じ込められました。

アンジーは雌犬です。

あたしは、ご覧の通り、雌山羊でしてね。

人権？　そんなもの、あたしたちにはありませんよ。だって、十年前に人権が認められたのは、精巧な人型ロボット——アンドロイドだけです。

あたしたちは単なる動物型ロボットですから。畜生ですから。

もう、六十年になります。気持ちいいけど苦しい。苦しいけど気持ちいい。

六十年もこんな生活を続けて……そして、今夜は学生さん、あなた様と巡りあえたというわけです。

だけどこの夜も、あとになってみればほんの一瞬でしょう。広大な砂漠のような人生の中に埋もれてしまう、一粒の砂です。

あたしはあと何十年、何百年と生きるんでしょうね。ひょっとしたら何千年か、それとも何万年か……。

朝になったら、どうかあたしの話はお忘れください。あたしも、百年もすればあなた様のことは忘れてしまうでしょうからね。

ナルキッソスの娘

父とカトリーヌの深刻な話し合いは、すでに二時間に及んでいた。

当時、八歳だった私は、隣室のベッドでシロと並んで横になっていた。シロは白犬のぬいぐるみだ。両目は黒いボタンでできている。

どうしても眠れなかった。当然だろう。隣室では父が恋人に責められているのだから。私が身じろぎをすると、シロは布団からはみ出してしまう。私は自分で布団を直せるが、シロは直せない。だから、眠りに落ちるまで私はじっとしていなくてはならない。

どうせ、目覚めたときには、シロは見当違いの場所――時には床の上――で発見されるのではあるが。

カトリーヌは泣いていた。父は弁解している。時折、カトリーヌの声が高まる。

あんな女のどこがいいの？　あなたはわたしを裏切ったのよ。わかってるの？　いつも、あなたはそうやってヘラヘラごまかすばかりよ。卑怯だわ！

やがて、カトリーヌの言葉は哀願の色を帯びてきた。

「お願い。あの人とは別れて。わたし、ずっと、あなたのそばにいたいの……」

そんな彼女の言葉に酔わされてか、苦悩する色男を演じている父の返事には明らかにうれしそうな響きがあった。

「ごめんよ、カトリーヌ。ぼくは彼女とは別れられない。しかし、きみとも別れることはできない。きみを愛しているんだ……うわぁっ！」

陳腐な台詞は哀れな悲鳴に呑み込まれ、そこにカトリーヌの怒声が重なる。

「殺してやる！　あんなババアのヒモになるって言うなら、殺してやるわ！」

カトリーヌは本気だ。そして、父は殺されてもしかたのない、ちゃらんぽらんな男だ。

私は跳び起き、シロを抱くと、パジャマ姿で走り出た。

「カトリーヌ、やめて！　ヒロシを殺さないで！」

私は父を名前で呼んでいた。父がそうさせていたのだ。

「こんな男でも、あたしにとってはたった一人の父親なのよぉ！」

カトリーヌの手には包丁があった。それを見て、私は彼女にすがりついて泣いてみせる作戦を却下した。下手をするとこちらが怪我をする。

結局、泣き落としの必要はなかった。必死の形相の父が私を抱きかかえ、外に飛び出したからだ。

私を抱いて、父は走った。カトリーヌの怒声はすぐに遠ざかり、やがて、聞こえなくなった。

夜気が肌に冷たかった。満天の星空には二つの月が浮かび、他の惑星に向かうシャトルの灯が見えた。

父の手によって運命共同体にされた私は非常に不満だった。

(あたしは逃げる必要なんてないのに!)

私はカトリーヌが大好きだった。カトリーヌも私をかわいがってくれた。彼女を交えた三人の日々は、いつも笑いに満ちていた。シロは彼女からのプレゼントだった。

私が知る中では父の六番目の恋人であるカトリーヌは、ペット・ロボットの職人だった。カトリーヌが作る本物そっくりの動物は高値で取り引きされていた。その一方で、彼女は古典的なぬいぐるみも愛していた。

心優しく聡明で陽気なカトリーヌに愚かな行動をとらせた父を、私は腹立たしく思った。

(あたしがヒロシだったら、絶対、カトリーヌを幸せにしてあげるのに……)

ゼエゼエと苦しげに息をしながら、父は私を石畳の道に降ろしたが、私が「冷たい」と言うと、あわてて抱きあげた。

この町の石畳は、巻き貝の化石でできている。石に閉じ込められた貝たちは、街灯にキラキラと輝いていた。

私は父の顔を見た。表情をこわばらせてはいたものの、彼が泣いてはいなかったので、私はさらにがっかりした。

父は女たちを愛した。そして、それ以上に、女たちに愛される自分を愛した。ナルシストはいつだって、他人ではなく自分に夢中だ。自分が愛した女たちの苦悩など、目に入っていない。

私を膝《ひざ》の上に乗せる格好でしゃがんだ父は、息を整えてから私に言った。

「カヤノ、新しいお母さんのところに行こう。もちろんシロも一緒だよ」

「あたし、カトリーヌのほうがいい」

泣きべそをかく私に、父は恥ずかしげもなく言ってのけた。

「新しいお母さんはね、カトリーヌの何十倍も何百倍もお金持ちなんだよ。すごいだろう?」

父の職業はジゴロ。育ちのよさそうなきれいな顔立ちを武器に、小金を持った女に近づき、寄生する。

そして、私はそんな父が十三歳のときの子供だった。

＊

父は黒い髪に黒い目で、まるっきり大和民族の顔立ちだが、私の波打つ髪はライトブラウンで、目はやや緑色がかった茶色だ。

母とは死別していたが、その母の思い出話も、父が語るたびに少しずつ変化し破綻していった。

父より八歳上の踊り子だった母は、脚を痛めたことを悲観し自ら命を絶ったことになっていた。その話にやがて「おまえが生まれたおかげで母さんは立ち直ったんだ」だの「脚を痛めたあとは酒場で歌っていたよ。きれいな声だった」だのといったエピソードが重なる。しまいには「彼女が橋の上から身投げしようとしたのを、通りがかったぼくが止めた。それがきっかけで、恋が芽生えたんだ」という実に劇的なことになっている。

そこで、母さんはどうして死んだのだと訊くと、「心臓発作だよ。元々、彼女は心臓が悪かったんだ」となる。なら、脚を痛めて自殺したダンサーは一体だれだったのだ？

その場限りで相手の喜びそうな話をし、自分もそれに酔い痴れる。そして、すぐに忘れる。法螺《ほら》吹きのくせに詰めが甘く、語る話はあちらこちらがほころびかけている。

愛すべき男ではあった。しかし、まったくもって、信用できない男だった。

カトリーヌと別れた父が私を連れて転居したのは、その惑星国家の第三の都市の郊外だった。

父はニナのことを私に「新しいお母さん」と話したが、なんのことはない、父は彼女の男妾《おとこめかけ》だった。ニナには夫があり、同時に、うなるほどお金もあったのだ。

ニナは惑星環境調査会社の経営者だった。会社が雇った調査員たちは未開発惑星に赴《おもむ》き、その環境が居住可能か、あるいは居住可能なレベルにまで調整可能か、それともまったく見込みなしかを判定する。

こぶつきの父を愛人に迎えたとき、ニナは四十九歳だった。筋が浮きあがるような痩せ方をし、苦悩に満ちた半生の証なのか、眉間には皺が刻まれていた。

父と私が暮らすことになった小ぎれいな木造の家屋は、つまるところ妾宅《しょうたく》と呼ぶべきものだ。が、ニナはその家でほとんどの時間を過ごした。家事は通いの老家政婦の仕事だった。

私は離れの部屋を与えられたが、それは愛情ゆえではなかった。ニナは目ざわりな私をそこに追いやったのだ。

私は何度も、独りでぬいぐるみのシロに語りかけた。

「おまえはあたしを裏切ったりしないよね。あたしもおまえが大好きだよ」

ニナは父をかわいがっていたが、私には決して媚《こ》びようとはしなかった。子供嫌いの彼女は父を猫かわいがりする一方で、私を犬のようにしつけた。

初めて会ったとき、ニナは私が手にしていたシロを見て、眉間の皺をさらに深くしたものだ。

「まあ、なんて汚いぬいぐるみを持っているの。捨てておしまいなさい！」

私は心臓が縮こまるような思いでシロを抱きしめ、ずるい父は聞こえなかったふりをした。

私のおびえた様子に溜飲《りゅういん》を下げたのか、そのときはニナもシロを見逃してくれた。

私の世界では、シロは生きていた。彼は、私が時々語りかけてやらないと寂しがる。もし、シロをうっかり床に落とそうものなら、私は「ごめんね。ごめんね、痛かったでしょう」と謝りながら撫でてやった。

それは私にとっては遊びではなかった。私は自分が散々味わってきた寂しさや痛みをかわいいシロには味わわせまいとしていたのだ。

父とカトリーヌは私と同じように、シロの魂を見ることができた。特にカトリーヌは、寝る前には必ず「おやすみ、カヤノ。おやすみ、シロ」と言ってくれた。

大好きなシロ。かわいいシロ。

けれども、ニナのような人から見れば、それは布で綿を包んで縫った物体でしかない。そして、実はこの世界ではニナのほうが正しいのだ。私も二歳の幼児ではないのだから、そんなことはわかっていた。

以後、私はニナの前にシロを連れていったりはしなかった。私はニナを恐れると同時に、彼女に愛されたいと願ってもいたのだ。

そんな私の媚《こび》を知ってか、ニナはわざと私に辛く当たった。それは度々、しつけの範疇《はんちゅう》を越えていた。

たとえば、父がちょっと席を外したすきに、私の手の甲をこっそりつねる。そして、父が戻ってくると、わざと私に言うのだ。

「おや、なんておまえは悲しげな顔をしているの？　ここの暮らしがそんなに気にくわないのかしら？」

私はあわてて「違います」と否定し、心の中で冷静に分析する。

（これも継子《ままこ》いじめと呼べるのかな？　あたしはヒモの娘だけど）

けれども、そんな分析で私の心が癒されることはなかった。

あるとき、私は勇気を出して父に告げた。

「ニナはヒロシの見てないところで、あたしに意地悪するんだよ。腕をつねったり、頭を叩いたり。テーブルの下で脚を蹴られたこともあったよ」

「なんだって！」

父はその事実に明らかに動揺を示した。私はひそかに期待した。父が私を連れてこの家を出てくれるのではないかと。

しかし、数秒のうちに父の頭の中ではさもしい計算がなされたようだ。次に彼が発した言葉は――。

「我慢おし、カヤノ。ニナは、ぼくとカヤノを養うために、一生懸命働いているんだ。時にはイライラしていることもあるだろう。許しておやり」

「じゃあ、ヒロシがあたしの代わりに、つねられたり叩かれたり蹴られたりしてよ！」

失望のあまり私が声を荒らげたところ、あのろくでなしはこたえたのだ。

「ぼくだって、よく、鞭で叩かれているんだよ。おまえは知らないだろうけど、ニナの寝室でね」

幼い私は愕然とした。父もまた、ニナに八つ当たりされていたのだ。それが私の見てないところで行われているのは、一応、ニナの情けでもあるのだろう。

もちろん、数年後には私も、それが一部の人にとっては性的な遊戯であることを知り、非常に馬鹿馬鹿しくなんとも情けない気分を味わうのだが。

「いいかい、カヤノ。大人には大人の事情がある。一応、愛しあってはいるけどね、実はニナはぼくの体が目当てで、ぼくはニナのお金が目当てなんだ。子供にはわからないだろうけどね」

それを聞いて、一気に阿呆らしくなったのを今でもはっきりと覚えている。娘の前で「ニナはぼくの体が目当て」とまで語っておきながら「子供にはわからないだろうけどね」ときたものだ。

残念なことだが、父は正真正銘のヒモであり、自分はヒモの娘であるということを、私は再確認せねばならなかった。

しかし、私は父を軽蔑することはできない。彼と私は似た者同士だ。

父はニナに媚を売って、私には冷淡なふりをする。私はニナの機嫌を損なわないよう、シロを単なる物として扱うふりをする。

金がある者が力を持つこの家で、私は四年を過ごした。

十一歳のときのことだ。

私は学校の遠足で水族館に行き、父とニナのためにペアのグラスを買った。父にはアザラシ、ニナにはイルカの絵が入ったものだ。洒落たデザインだったので、これならニナも嫌がりはしないだろうと思われた。

そして帰宅し、自室に入ったとき、ベッドに座らせておいたシロがいないことに気づいたのだった。私は蒼ざめ、部屋中を探しまわり、どこにもいないとわかると、バスルームや食堂にまで捜索の手を伸ばした。

玄関ホールの木製の飾り棚の下をのぞいているときに、ニナに声をかけられた。

「なにをしているの？」

「ぬいぐるみを探しているんです」

ニナの機嫌を損なわないためにもシロという名前を出さないよう配慮し、続けた。

「白い犬のぬいぐるみです」

「ああ。あの汚らしいおもちゃなら、捨てたわ。もう、ぬいぐるみという歳でもないでしょう？」

「どこに捨てたんです？」

私は声が震えないよう気をつけながら訊いた。取り乱しては、よけいに意地悪のとっかかりを与えるだけだとわかっていたからだ。

「拾うつもり？　なら、無駄よ。今日のごみは、もう回収されたわ」

私はその場に泣きくずれた。シロの名を繰り返しながら、泣きつづけた。

もはや、ニナがどう反応しようとも、かまわなかった。とっくに最悪の事態になっていたのだから。

大好きな、そしてもう会うことのできないカトリーヌが、私にプレゼントしてくれたシロ。無力で薄汚れていて、かわいそうな、かわいいシロ。絶対に私を裏切らず、いつも安らぎを与えてくれたシロ。

私だって、本当はシロが単なる物だということは知っていた。けれども、自然と湧いてくる愛おしさは抑えられるものではなかったのだ。

愛しく感じるということは、私にとってシロは生きているということだ。だから、彼はいつだって、話しかければ応《こた》えてくれた。

シロはだれも傷つけなかった。ニナでさえ傷つけなかった。

ただ、薄汚れていただけだ。シロにはなんの罪もない！

私はシロを守れなかったのだ。

もう、シロには会えない。どんなに願ったって、将来、どんなに私が偉い人間になったって、シロには会えないのだ。

気づいたら、ニナはいなくなっていた。私にそれ以上の意地悪をすることもなく。

私は立ちあがり、自室に戻った。もう、あたりは薄暗かった。

やがて、家政婦が夕食だと告げにきた。

私はおみやげのグラス二つを手にして、食堂に行った。すでにニナと父は食卓についていた。

私はグラスを二人に見せ、言った。

「おみやげを買ってきました。これは、ニナの分です」

そして、そのイルカのグラスを床に叩きつけた。ニナは面白いぐらいはっきりと顔をこわばらせた。同時に、ガラスが割れる音は、私の心も傷つけた。

次に、私はアザラシのグラスを二人に見せた。

「そして、これはヒロシに」

私は最高の笑顔を作って、父にグラスを渡した。父は眉をひそめつつ、それを受け取った。

ニナの顔がゆがむのがわかった。それはどうやら怒りのせいではなかったようだ。

「夕食はいりません」

私は言い残し、自室に戻った。そして、また、ベッドの上で泣いた。

泣いているうちに胸の昂《たかぶ》りは収まった。いくら泣いてもシロとは二度と会えないのだ。だったら、泣いてもしかたがないではないか。

しかし、深い悲しみは心の底に澱《おり》のように残った。

しばらくすると、父が部屋に来た。まずはニナを慰め、それからここに来たのだろう。

私が突っ伏しているベッドの、その足許《もと》に腰かけ、父は切り出した。

「カヤノ、なにがあったかは、ニナから聞いたよ。ぼくはね、やっぱり、ニナがいけないと思う。だけど、ぼくはニナに怒ることができないんだ。ぼくは弱虫だろう?」

確かに弱虫だ。しかし、それを娘の前で口にするとは、たいした勇気である。

「それに、シロにはかわいそうなことをしちゃったね。ぼくが知っていれば、シロをごみ箱から助け出してやることもできたのに」

そして、父もまた、ワッと泣き出した。

こうなると、私もせっかく止まった涙がぶり返してくる。しばらくの間、二人で一緒に声をあげて泣いた。

その一方で、私の心の中では、頼りない父に対する不安が確実に高まった。シロを守れずに泣くだけの父に自分が守ってもらえるなどとは考えないほうがよさそうだ。

ただ、少なくとも、父はシロが捨てられたことを嘆き悲しんでくれた。それだけで、私は慰められていたのだ。

なのに、翌日、父は失態を演じた。今にして思えば、それはまさしく「失態」だった。

「ほら、新しい子を買ってきたよ」

外出から戻ってきた父が私にさし出したのは、白い犬のぬいぐるみだった。シロの二倍は大きく、シロの三倍はフカフカしていた。

私は幻滅した。新しいぬいぐるみなど、いらない。私にとって命があるぬいぐるみは、シロだけだったのだ。

そのぬいぐるみがシロよりもずっと高級そうだったのも、私の怒りの炎に油をそそぐ結果となった。

（ヒロシから見れば、薄汚れたシロなんかよりもそのぬいぐるみのほうが、ずっと価値があるのね！）

高価なぬいぐるみを与えられれば私がシロを忘れるとでも？　お金がある女性に簡単になびく父の価値観を自分にあてはめられた気がして不快だった。

「いらない」

かたくなに言った私に、父はぬいぐるみを押しつけるようにして持たせた。

「ほら、この子はカヤノに名前をつけてほしいって言ってるよ」

「いいかげんなこと言わないでっ！」

私はぬいぐるみを床に叩きつけた。

父はひどく悲しそうな顔をしていた。私は父の顔をそれ以上見ることができず、部屋に駆け戻った。

私は泣いた。心の中で父を責めた。けれども、いつしか私は自分を責めていた。せっかくの父の思いやりを、私は拒絶してしまったのだ。

床に叩きつけられたぬいぐるみ。それをかわいそうだと感じたその瞬間、白い犬には魂が宿ったのだった。

そうだ。あの子に名前をつけてあげよう。そして、父に謝ろう。

翌日、私はなにげなく父に訊いた。

「ねえ、あのぬいぐるみは？」

「捨てたよ」

父は子供のように泣きはらした目でこたえた。

「じゃあ、拾う。どのごみ箱に入っている？」

しかし、またしてもぬいぐるみは、ごみ回収車に持っていかれたあとだった。私は遅かったのだ。

だが、私は後悔をおもてに出さなかった。そんなことをしたら、私は父に謝罪する羽目になるだろう。そして父を増長させるだけだろう。

私は冷ややかに「あ、そう」とだけこたえた。

人生において過ちと悔恨は波のように寄せては返す。

シロを巡る一連の出来事をきっかけに、ニナの意地悪は止んだ。その代わり、彼女は私に対して無関心を装うようになった。その心に悔恨はあったのだろうか？　どちらにしろ、私が目の前で反撃したことが彼女に衝撃を与えることになったのは確かだ。

こうして、ニナに石ころのように無視されることで、私は平和を得たのだった。

＊

十二歳で私は陰鬱な家を出た。首都にある全寮制の女子校に入学したのだ。

学費はニナが出してくれた。この点は彼女に感謝すべきだろう。

生徒の自主性を重んじる校風だった。自由を謳歌する者は同時に責任も負うものだということも、そこで学んだ。

緑の木々が茂る敷地に点在する古い木造の校舎、個性的な友人たち。新しい環境で、私は巣立った小鳥のように、思う存分羽ばたいた。

そして、私は父がいなくとも生きてゆけることを確信し、心から安堵《あんど》した。いざというときに私を守ってくれるほど父は強くはない——そう気づいた頃から、私は親離れしようとひそかに悪あがきしていたのだった。

一方、父はといえば、私と離れたら急に寂しさが身にしみるようになったらしい。

彼からのメールには「愛してる」の文字がいくつも躍っていた。甘ったるい父性愛に満ちたメール——私が七歳の女の子なら大喜びしただろう——が毎日のように届くのに対し、私は週に一、二度、きわめて事務的な近況報告を送るだけだった。多忙な時期には、私の返事はさらに滞《とどこお》った。

だいたい、父のメールは退屈なのだ。庭で薔薇が咲いただの、屋根に雀が巣を作っただのと、どうでもいい報告が続き、最後には「いつでもおまえを愛してるよ、カヤノ」とか「おまえのことをいつも思っているからね」などという一文で締めくくられている。

しかし、父の「愛してる」の一言ほど信じられないものはない。その言葉に泣かされた女性が、一体、過去に何人いたことか。

私の心をわずらわせたのは、メールだけではない。いきなり父から電話がかかってきて、なんの用かと尋ねると「べつに用はない。ただ、おまえの声が聞きたかっただけ」とくる。試験前にこれを何度もやられ、私はしばらくの間、父からの電話を着信拒否するようにしていた。

私は父の恋人たちとは違い、空虚な愛の言葉などありがたがりはしない。それがどうして、父にはわからないのか。

そこまで愛していると言うのなら、ニナの意地悪から私を守ってほしかった――などと、時折、恨みがましく思ったことも確かで、それがまた、私の心をかたくなにした。

まあ、おおかた彼のことだから、遠く離れた娘に「愛してる」と繰り返す自分自身に酔い痴れているのだろう。そう思い至ると、ひどく馬鹿馬鹿しい気分になり、芽生えたばかりの反感もシュルシュルと縮んでゆくのだった。

私は、楠《くすのき》の下の物置を改造した小屋を根城にしている「ピグマリオンの会」なる小さなサークルに入会していた。

メンバーは、中等部から高等部の生徒が六人。街でウェイトレスをしているアニタという美しい少女を招いて、年二回、彼女の一人芝居を上演するというのが、その活動だった。私たちはアニタのために台本を書き、大道具や小道具を作り、舞台衣装を縫い、演技指導をする。

アニタは人間ではなく、身も心も人間そっくりに造られたアンドロイドだった。波打つ黒髪に青い目、理想的な曲線を描く体。人形に恋をしたピグマリオンのように、私たち六人はアニタを崇拝した。

私が入会した時点で、ピグマリオンの会はすでに八十年続いているという話だった。

「わたしを愛してくれたお嬢さん方の中には、もう、亡くなられた方も多いわ」

二百年の時を生きるアニタは私たちを「お嬢さん」と呼んだ。その、あどけなさの残る顔で。

アニタがウェイトレスをしている〈麒麟《きりん》屋〉という名のカフェは、夜には酒場となる。そこはピグマリオンの会のOGのたまり場になっていた。

また、〈麒麟屋〉の常連の中には、かつてのアニタの恋人たちもいた。相手がどんな男性であっても、別れ話を切り出すのは決まってアニタだったという。

その理由を、あるときアニタに訊いたところ、その人造美少女は微笑みながらこたえた。

「人生っていうのはね、お嬢さん、出会いと別れの積み重ねなの。出会った人とも、いつかは別れる。人は死ぬまで、出会いと別れを繰り返すのよ。人生の中で、一番大きな出会いは、なんだかわかる？　それは、誕生よ。人は母から生まれることによって、世界そのものと出会うの。そして、一番大きな別れ――それは、死なの。死ぬことによって、人は世界そのものと別離するの」

アンドロイドがこのような人生観を持っていることに少々驚きながら、私は彼女の話を聞いていた。

「わたしは、人の何倍も長く生きることができるわ。だから、恋人と長い間交際していると、やがてはその人と死別することになってしまうの。残されるのはいつだって、わたし。だからね、わたし、恋人とは五年以上おつきあいしないことにしているの。わたしは弱虫だから、愛する人の死が恐ろしくてしかたないの。そんなものを味わうくらいだったら、別れてしまったほうがましなのよ」

彼女は恋人たちを深く愛していたのだ。だからこそ、自分から別れを告げずにはいられなかったのだ。

ふいに、切なさに胸が締めつけられ、私はアニタを抱きしめていた。

「わたしも、あなたより先に死ぬことでしょうね。だけど、わたしが死んでしまったあとも、わたしがあなたのことを大好きで、あなたの幸せを願っていたことは、忘れないで」

十八の夏休みには、私はアニタを連れて父が暮らすあの家を訪れた。毎度のことではあったが、私が滞在している間、ニナは顔を見せなかった。

あいかわらず父は若々しく、とても三十一歳には見えなかった。ただでさえ若すぎる父親だというのに。

私はアニタを校友として紹介した。

「カヤノの父です。娘がいつもお世話になっております」

にこやかに挨拶する父は、まるで田舎芝居で父親役を演じる村の青年のようだった。

部屋に案内して二人きりになったとき、アニタは私に言った。

「あなたのお父様、ずいぶん若いわね」

「美容に金をかけているのよ。顔しかとりえのないジゴロだから」

「そんなことを言っては、お父様がかわいそうよ」

アニタは優しく私をたしなめた。あんなどうしようもない父親でもアニタはかばってくれたので、かえって私は安堵した。

三日目、父はこっそり私を呼んで言った。

「カヤノ、ひどいよ。ぼくをだましたね」

「だましたって、なにがよ？」

「おまえの友達のことだよ」

「え？　アニタがどうかしたの？」

「彼女、人間じゃなくてアンドロイドだっていうじゃないか。しかも、学生じゃないって！」

私は面食らい、質問を重ねた。

「どうして、わかったの？」

「彼女に交際を申し込んだら、言われたんだよ。『わたしは愛されるために造られたアンドロイドですので、人間様に貢《みつ》いでいただくのが大好きなのですが、それでもよろしいですか？』って。あのかわいい顔で『アンドロイドはお人形と同じで、ひたすらかわいがられるために造られましたのよ。ホホホ』とか言っちゃってさ。ああ、怖い。あやうく、むしり取られるところだったよ」

「ちょっと待って！　娘の友達にまで手を出そうとするなんて、どういうこと？」

私は父に詰め寄った。心の中では「アニタのほうが一枚上手だったわ」と安堵しながら。

「靴を見たんだよ。靴。相手がお金持ちかどうかは、靴を見ればわかるんだ」

知識をひけらかすことができたのがよほどうれしいらしく、得意げに続ける。

「彼女の靴、知ってる？　あれ、マリア・アリアのAZシリーズだよ。普通の学生は、あんな靴、履いてないよ！」

私の知らないブランド名まで出して、父は力説する。

おそらくアニタは、崇拝者の一人からその靴をプレゼントされたのだろう。

「学生であの靴を履いてるとなれば、だれだって、彼女をどこぞのご令嬢かと思うよ！」

私は呆れはてた。金持ちの女性なら、娘の友人でも口説くのか！

怒鳴りつけたいのをこらえ、私は静かに言った。

「ヒロシにはニナがいるでしょう？　彼女に知られたら、追い出されるわよ」

「いや、実は、もう、ニナとは別れたんだ」

「えっ？」

驚いた。そんな話は初耳だった。

「彼女には新しい恋人ができたんだよ。この家は、手切れ金代わりにもらった」

「別れたって、いつ？」

「去年の秋」

なんと、ニナは一年近くもの間、別れた愛人の娘である私の学費を払い、生活費を銀行口座に振り込んでくれていたのだ！　彼女の意外な懐の深さに、私は感謝するよりも先に仰天した。

「ぼくもニナと別れてからしばらくして、恋人を作ったんだけどさ、すぐに別れちゃったんだよね。『やっぱりあなたとは合わないわ』とか言われちゃってさ……。ねえ、カヤノ。まわりに、いい人いない？」

——娘になんという相談をするのだ。

なにが「いい人いない？」だ。それはこっちの台詞である。とっとと「いい人」とやらを見つけて勝手に幸せになってくれ、だ。

部屋に戻ると、私は父の非礼をアニタに詫びた。

彼女はクスクス笑いながら言った。

「カヤノ、あなたもお父様の手練手管《てれんてくだ》を見習ったら？」

一体、父は彼女にどんなモーションをかけたのか、私は非常に気になったものの、アニタはニヤニヤするだけでついに教えてはくれなかった。

やがて私は高校を卒業し、寮を出た。大学の学費は、奨学金に頼った。

実は、大学進学に関しては、ちょっとしたゴタゴタがあった。父に猛反対されたのだ。

帰ってきてくれ。一緒に暮らそう。ぼくは寂しいんだ。愛しているよ、カヤノ。

そんな言葉を父は重ねた。不治の病にかかって気が弱くなったかと疑ったほどだった。

私は肉親の情愛というもののわずらわしさを、いやというほど思い知らされた。それは程度の差こそあれ、ほとんどの子供が感じることで、理想的な親離れに至るきっかけにもなっているのだろう。が、父のしつこさに私はほとほとまいってしまったのだ。

だいたい、寂しいからという理由で娘の足を引っぱる父親が、どこにいる？

いっそ電話口で「娘はペットじゃありません！」としかりつけてやろうかとも思ったが、私は寸前でその言葉を呑み込んだ。

とにかく、父はおのれの欲望を口にせずにはいられない性格なのだ。女たちに甘やかされ、とことん堕落しているのだ。

情けない口調で「寂しい」と繰り返す父に、私は訊いてやった。

「まだ、恋人はいないの？」

とたんに受話器の向こうで父がフンと鼻で笑ったのがわかった。

「いやだな。こんなセクシーなぼくに、恋人がいないわけがないだろう？　ガールフレンドなら掃いて棄てるほどいるよ」

得意満面でこたえるその表情が手にとるようにわかり、こちらはまたしても阿呆らしい気分になってしまった。

「なら、娘のことも掃いて棄ててください」

「カヤノ！　父親に向かって、そんな言い方はないだろ！」

「じゃあ、たまには父親らしくしてください」

「なんで、いちいち、つっかかってくるんだよっ。だったら、もう、カヤノのことなんて、知らないよ！」

まったく父親らしくない台詞を吐いて、父は電話を切った。あからさまにすねてみせるとは、まるでわがままな小娘だ。

寮を引き払う際、私は父に新しい連絡先を教えたが、父から電話がかかってくることはなかった。

正直、せいせいした。このまま何度も連絡をとっていれば、いつか決裂するに決まっている。

しかし、本格的に決裂する前に、父との別離はやってきた。

少し前からニナの惑星環境調査会社に勤務していた父は、ある星系に向かう途中、小型宇宙船ごと行方不明になってしまったのだ。事故の疑いもあったが、宇宙警察からはそれらしき報告はなかった。

しかも、父がニナから与えられたあの家は、すでに彼の手で売却されていたのだ。

おそらく父は新たな女性と恋に落ちて、彼女にくっついて他の惑星に移住してしまったのだろう。

ニナもそう考えているようで、少しも騒いだりはしなかった。

私は、二十歳になっていた。

＊

ああ、年老いたな、と思った。初めて会ってから二十年近くが経過している。ニナはすでに七十近いはずだ。

そして、この十数年の間に、彼女は所有する会社の規模を十倍にしていた。

私も歳を重ね、今年で二十六だ。大学を卒業した後、脚本家として二つの賞をとり、そこそこ名も知られるようになった。

「あなたに伝えなくてはならないことがあるわ。それから、渡さなくてはならないものも」

そう言って、ニナは私を呼び出したのだった。

チャイニーズ・レストランの個室で、私とニナは一つのテーブルを囲んでいた。

負の感情というものは、年を経るごとに薄れてゆき、ついには消滅するものらしい。私たちはおだやかな時間を共有できるまでになっていた。

ニナは初めて私に敬意を示してくれた。私も彼女に、十代の頃に受けた経済的援助に関し、改めて感謝の意を伝えることができた。

窓の外には高層ビルが林立している。その谷間には飛行車が飛び交い、ホログラムCMが浮かびあがっている。

どこかでカモメが鳴いていた。海が近いらしい。海岸はコンクリートで四角くかたどられているにちがいないが。

挨拶と近況報告が一段落したところで、ニナは静かに切り出した。

「実はね、六年前にヒロシが宇宙船ごと行方不明になってしまったというのは、嘘だったの」

私は箸を落とす前に、そっと置いた。落ち着いているつもりだったが、手が震えた。

「ただ、今では本当に、行方知れずなんだけど……」

「どういうことですか？」

自分の胸の鼓動を抑えるためにも、私は静かな口調で訊いた。

「ヒロシはあえてあなたの前から姿を消したの。わたしは彼にたのまれて、あなたに嘘を伝えたのよ」

「なんのために、そんなことを？」

「ヒロシには昔から口止めされていたことなんだけど……もう、彼はいなくなってしまったから、いいわよね。実はね、カヤノ、彼はアンドロイドだったのよ」

私は驚愕した。

父には散々驚かされてきたが、ここまでびっくりしたのは初めてだった。

確かに、人間と見分けがつかないほど精巧なアンドロイドが存在することは知っている。その一人がアニタだった。

けれども、まさかあの父がロボットだったとは。あの、単純で適度に愚かで、陽気なナルシストが！

言われてみれば、不自然なところはあった。父が語る母のエピソードは、ころころ変わった。そして、確かに彼は老いなかった――が、私はそれを金をかけた美容術のせいだと勝手に信じていたのだ。

「二十五年前、惑星フジで内戦が起こったとき、彼は傭兵としてその星に赴いたそうよ。そして、戦場となった村であなたを拾ったの。あなたを抱いて倒れていた女性は――あなたによく似ていたというから、お母さんでしょうね――すでに事切れていたそうよ」

思いもよらなかったおのれの出生の秘密は、まるで他人事のように私の心に響いた。

「ヒロシは『美しい死者に恋をしたんです』と語っていたわ。生きている間に会いたかったと彼が願うほど、美しい人だったのね。ヒロシはその人の娘だと思われるあなたを拾って、懇意だった村長にあなたを預け、戦争が終わってから引き取ったそうよ。その後、あなたは成長していったけど、当然、ヒロシが老いることはなく……」

そして、父は私のことを自分が十三歳のときの子だと、苦しい嘘をついていたというわけか。

「あなたには本当の父親だと最後まで信じていてほしかったのね。彼はわたしの許を去るとき『カヤノには行方不明だと伝えてください』って言い残していったわ。それから三年間は、わたしも彼と連絡をとろうと思えばとることはできたのよ。それがね、三年前、もう一度傭兵稼業で一稼ぎするって連絡があって……それっきりよ。あとから調べたら、惑星アマノの戦場で行方不明になったことだけはわかって……」

最初から、父は頃合いを見て私の前から姿を消す覚悟で生きてきたのだ。私の大学進学に猛反対し「寂しい」と繰り返したのは、そのせいだ。「寂しい」というのは、自分から姿を消す覚悟があっての心情だったのだ。

彼はメールや電話で、しつこいほど「愛している」と繰り返した。限られた時間の中で私に愛情を伝えようと、彼は懸命だったのだ。そして、自分が姿を消した後も、私がその言葉を思い出して安らぎを得られるようにと、彼は願っていたにちがいない。

熱い涙が私の頬を伝った。

「なんで、そこまでして、人間のふりをしようとしたんでしょう。バカですね。彼がアンドロイドでも、わたしの心は変わったりしないのに」

そして、父がアニタにモーションをかけたことを思い出し、なんだかおかしくなった。

彼女の正体を知り、父はどんなに焦ったことだろう。もしかしたらアニタは、父がアンドロイドだということに薄々勘づいていたのかもしれない。

たちまち、嗚咽《おえつ》は泣き笑いになる。

ニナは私を慰めるように言った。

「彼はあなたにとって本当の父親でありたかったのよ」

私はずっと、彼のおままごとにつきあわされてきたのだ。けれども、それは深い愛と香り高い毒に満ちた、最高に刺激的な遊戯だった。

「それからね、わたし、ずっと、これをあなたに渡さなければと思っていたの」

ニナは私に紙袋を渡した。中身を取り出して、私は驚いた。それは、シロの代わりにと父が買ってきた白い犬のぬいぐるみだったのだ。

「彼が捨てたのを、わたし、こっそり拾っておいたの」

「ニナ、どうしてあなたが……？」

「わたし、あなたが大切にしてたぬいぐるみを捨ててしまったことを、ずっと後悔してたの。あなたにはかわいそうなことをしてしまったって、あとから思って。だけど、あの頃はわたし、あなたに謝ることができなかったわ。それどころか、本当はあなたに謝りたいんだっていうことも、わからなかった。ただ、ヒロシが捨てたそのぬいぐるみを拾っておくことしかできなかったのよ。……ごめんなさいね」

私はぬいぐるみを胸に抱いた。

それは少しも古びていなかった。十五年前のあの日が甦《よみがえ》る。

十一歳の私は父の前で、このぬいぐるみを物として扱った。

アニタが父にモーションをかけられた際に言った言葉も、私は思い出した。

『アンドロイドはお人形と同じで、ひたすらかわいがられるために造られましたのよ』

人間に創造されたという点では、ぬいぐるみもアンドロイドも同じだ。かわいがられるために造られたぬいぐるみが娘の手で床に叩きつけられるのを見て、アンドロイドの彼はどれほど傷ついたことだろう。

ああ、こんなふうに、父の前でこのぬいぐるみを抱けばよかったのだ。そして、彼を喜ばせてあげればよかったのだ。こんな簡単なことが、なぜ、あのときの私にはできなかったのだろう……。

「カヤノ、実はね、わたしはあなたに嫉妬していたの。ヒロシはあなたのお母さんにひとめで恋をしたなんて言ってたわ。だから、ヒロシは成長したあなたを恋人にするつもりで拾ってきたんじゃないかって、わたし、邪推して……。わたしは老いる一方なのに、あなたは美しく育っていって、どんどんヒロシにふさわしい女性に近づいてゆくように見えたわ」

思いもかけなかったことが、次々と明かされる。正解とは言いがたい形で完成したパズルをもう一度バラバラにして、正しく並べ変える作業に、それは似ていた。

「ヒロシはあなたに自分のことを『お父さん』とは呼ばせなかったでしょう？　名前を呼ばせていたでしょう。ヒロシ、って。それがまた、わたしのつまらない憶測につながったのね。ヒロシはあなたの父親でいるために、いつかは姿を消す覚悟で生きてきたというのに、わたしは……」

しばらくの間、言葉が出なかった。私は嗚咽をこらえ、やっとのことで訊いた。

「ニナ。父はもう、死んでいると思いますか？」

自分自身に対しても厳格なニナは、きっぱりとうなずいた。

「ええ、亡くなっていると思うわ。残念なことだけど」

彼女の目にも涙が光っているのに気づき、私はあわてて目をそらした。ここまで涙が似合わない老女も珍しい。

アニタは言っていた。

『一番大きな別れ——それは、死なの。死ぬことによって、人は世界そのものと別離するの』

父はもう、この世界からどこかに飛び立ってしまったのだ。もし、天国というものが本当にあるのなら、死んでしまったアンドロイドの魂も迎え入れてくれるのだろうか？

そのとき、窓の外で琴の音が流れた。「春の海」だ。

ふと、そちらを見やる。

ビルの谷間にホログラムCMが浮かびあがっているのが見えた。映像はミニチュアの地球だ。

『地球を想《おも》いながら、あなたを想いながら、今宵も一献』

そのナレーションの声に聞き覚えがあることに気づき、私はハッとした。次の瞬間、映像は着物姿でグラスを傾ける男性の姿に変わっていた。

「ああっ！」

私とニナは同時に声をあげ、立ちあがっていた。

酒をおいしそうにクイッと一口呑んでにっこりと笑ったのは、父だったのだ。その右下には小さく「ＨＩＲＯＳＨＩ」というキャプションまである。

『ああ、やっぱり、日本の酒は月桂冠《げっけいかん》』

そして、映像は巨大な一升瓶に変わった。

「あの子……てっきり死んでしまったと思ってたのに……」

「いつの間にタレントに……！」

やはり、彼の一世一代の大嘘——死んだふり——も、ここに至って、ほころびが出てしまったというわけか。

その場限りの嘘を重ねるから、あとで辻褄が合わなくなってしまうのだ。今度、ヒロシに会ったら、注意してやらなくては……。

ああ、それから、このぬいぐるみに名前をつけよう。その名前を、彼に教えてあげよう。

彼の目の前でこのぬいぐるみを抱きしめて、頬ずりしてあげよう。

窓の外を呆然と見ていたニナはつぶやいた。

「とんでもない人……」

「本当に」

同じく呆然とした口調で、私もこたえた。

そして、数秒の間をおいてから、私とニナは同時に笑い出したのだった。

罪と罰、そして

重く古めかしいマホガニーのドアがゆっくりと開いた。

猫のようになめらかな足取りでアサギが部屋に入ってくる。ハイヒールは毛足の長い絨毯に沈み、少しの音も立てない。

美園《みその》の車椅子の前で、アサギはためらうことなく床に膝《ひざ》をついた。

アサギが自分よりも低い目線になったのを確認してから、美園は声をかける。

「さあ、おまえのいやらしい記憶をお見せなさい」

「はい、お嬢様」

悲しげにうつむいたまま、アサギはこたえる。

まぶたにはブラウンのシャドー、カールさせた睫毛には過剰なほどのマスカラ、唇には沈んだ紅色のルージュ。大昔の映画女優を思わせる懐古調のメイクは、美園の趣味に従ったものだ。

加えて、大きく波打たせた髪も、丈の短い上着と膝丈のタイトスカートのスーツも、美園の指示に従った結果だ。

ファッションだけではない。ミルク色のなめらかな肌も、ほっそりとした、しかし理想的な曲線を描く肉体も、すべて美園の愉しみのために念入りに手入れされている。

同じ十九歳でありながら、アサギはやけに大人びて見え、対照的に美園は少女めいた容姿を保っている。いわばアサギは美園の人形なのだ。

アサギは美園の車椅子をテーブルの前まで移動させた。テーブルの上には、十センチ立方の銀色の箱——共感ボックスと呼ばれる機械——が置いてある。

共感ボックスは人の脳内の記憶を再生し、それを他の人間に体験させる。昨今、記憶の共有は、音楽や映像を皆で楽しむのにも似た娯楽のひとつとなっているのである。

アサギは共感ボックスにコードを二本さし込んだ。コードのもう一方の端は、二人の耳の後ろにある小さなさし込み口——電脳手術で形成されたものだ——にはめる。

こうして、美園とアサギの脳は共感ボックスを通じてつながった。

アサギの細い指が共感ボックスの上部にあるパネルを操作し、再生すべきおのれの記憶を選ぶ。

美園の期待はいやがうえにも高まってゆくが、誇り高い彼女はそれをおもてに出しはしない。

一瞬のめまいの後、目の前が暗くなるのを美園は感じた。

気がついたら、美園はアサギのマンションのリビングルームにいた。いや、そのように感じているだけだ。つまり、美園は今、共感ボックスが再生したアサギの記憶を味わっているのだ。

再生されている記憶の中では、美園はアサギになっている。

今や美園は、完璧なプロポーションを持つ健康な娘だった。これより美園は、アサギがその経験によって感じたことをじっくりと味わうのである。

たちまち美園の胸には嗜虐性の悦びが満ちてきた。

＊

照明は消えている。が、窓からの月明かりと都市の灯で部屋の中はさほど暗くはない。

家具は木製でそろえられている。鉢植えの観葉植物のほかにインテリアらしきものはない。

目の前には、ほっそりとした少年の後ろ姿――アサギのセックス・パートナーであるハルヒコだ。

恋人という名は、彼にはふさわしくない。なぜなら、アサギは彼に恋などしていないからだ。

ハルヒコは窓の前に置いた肘掛け椅子に座り、外をながめている。

この高層マンションからの夜景を、ハルヒコはこよなく愛している。だからこそ、こちらを睥睨《へいげい》するかのように右前方に屹立《きつりつ》しているビルを腹立たしく感じているのだと、彼は日頃から口にしている。

「こっちに来て」

十五歳の少年の甘えと傲慢さを感じさせる口調で、ハルヒコは言った。

アサギはおとなしく従う。すでに彼女は後ろ手に手錠をかけられていた。遊戯は始まっているのだ。

脚の付け根の間にある花にも似た器官に血液が集まりつつあるのは、期待のせいだ。アサギはそれを恥じる。そして、その恥じらいが、彼女をさらに熱くするのだった。

「この椅子に座って」

アサギが腰かけると、ハルヒコはロープで手錠を椅子の背に括《くく》りつけた。

次に彼はアサギの右足首をつかむと、無理やり彼女の脚を上げさせ、右の肘掛けに掛けた。アサギが穿《は》いているスカートは、太股《ふともも》までたくしあげられる。

抵抗はしない。が、恥辱感でアサギの頬は燃えるように熱くなっている。

子供っぽく調子外れの鼻歌を歌いながら、ハルヒコはストッキングに包まれたアサギの右脚を肘掛けに縛りつけた。それを終えると、同じように左脚も反対側の肘掛けに括りつける。

「へーえ」

スカートをまくられ開脚の姿勢で拘束されたアサギをながめながら、ハルヒコは満足そうな声を出した。

「女の人がこんなすごい格好してるの、初めて見たよ」

アサギをいたぶるために発せられた言葉であるのは明白なのにもかかわらず、彼女の脚の間の紅色の花はズキンと脈打った。たちまちのうちに、内側から蜜が湧き出す。

下着の中で乳首が勃《た》っているのもわかった。彼に気づかれませんように、と祈るように思う。

しかし、ハルヒコはアサギの正直すぎる反応などはとっくに見透かしている。

「まさか、濡れてはいないよねぇ？」

ストッキングの上からその部分を指で押され、思わずアサギは唇を噛み、おのれの声を封じた。

「あれ？　ちょっと湿ってない？」

笑いを含んだ口調で言いつつ、ハルヒコはアサギのストッキングのその部分を爪で裂いた。

ショーツの中に細い指が侵入してくる。それに反応し、貪欲な花弁がピクピクと震える。

「ああっ……いやっ！　だめ！」

耐えきれず、声をあげていた。

少年の指が濡れた部分をかきまわす。

「これぐらいで濡れちゃうなんて……そんなに期待してるの？」

引き抜かれた指は蜜に濡れていた。そのまま頬になすりつけられる。

アサギは肩で息をしながら顔をそむけ、その意地悪な仕打ちに耐えた。

「ちょっと待ってね」

気まぐれのようにアサギの額に優しく唇を押しつけると、ハルヒコはそこを離れた。

すぐに戻ってきた彼の手にあったのは、鋏《はさみ》だった。

「じっとしてて。動いたら怪我するよ」

アサギは思わず身をこわばらせる。

下着の脚の間を覆う部分を、ハルヒコはなんのためらいもなく裁ち切った。しっとりと濡れた茂みが外気に晒《さら》される。

「わあ。お姉さんのここ、もうドロドロだよ。エッチな人だなぁ」

ハルヒコの指がかきまぜるようにそこを刺激する。

「あっ……ああっ！」

アサギはのけぞった。

薄笑いを浮かべ、ハルヒコは観察者の目でアサギを見つめている。

ひとしきりアサギに声をあげさせてから、彼はふたたび下着に鋏を入れた。そして、一枚の布きれと化したそれを彼女から奪い取ったのである。穴の空いたストッキングはそのまま残されている。

プレゼントの包みでも開けるように、ハルヒコは楽しげにアサギのシャツのボタンを外してゆき、左右に大きく開いた。華奢な肩まであらわになる。

「邪魔なものはみんな取ってしまおうね」

今度はブラジャーを裁ち切られた。こぼれ出た形のよい胸を、ハルヒコは両手で揉みしだく。

おのれの興奮の高まりにおののき、アサギは激しく首を横に振った。

「いやっ。お願いっ。やめてっ」

「いやって言いながら、乳首をこんなに硬くしてるの？」

下半身は愛撫を求め、ズキズキと脈打っている。花の中心から湧き出す蜜は、椅子の上に小さな泉を造る。

ほしい。ちょうだい。そんな台詞が頭の中を駆け巡る。

「ねえ、お姉さん。ぼく、あなたのエッチな姿を見せられて、我慢できなくなってきたよ。

ぼくを口でかわいがってくれないかな？」

ハルヒコは椅子の上、アサギの脚の間に膝をついた。ジッパーを下ろし、硬く屹立したものを取り出す。

乱暴に口の中に押し込まれた。アサギの抗議のうめきを無視し、ハルヒコは自分で腰を動かしはじめる。

「ねえ、もっと唇で締めつけて」

甘えるような声で指示を出す。

アサギが従うと、ハルヒコの動きはさらに速まった。彼女は舌先をとがらせ、ハルヒコの裏側を刺激してやる。

やがて、ハルヒコは小さくうめき、熱いものを迸《ほとばし》らせた。

「ちゃんと飲んで。お願いだよ」

彼の声音には陶酔の響きがあった。

柔らかくしぼんだものを舐めて清めるまで、アサギの口は解放されなかった。

興奮に疲れはて、ぐったりと目を閉じたものの、アサギの花は刺激を求めてかすかにほころんだままだ。

「とってもよかったよ。今度は、ぼくがお姉さんを気持ちよくしてあげるね」

ハルヒコが言ったとき、彼の手にはバイブレーターがあった。玩具の前後にはクリトリスとアヌスのための突起がついている。

挿入の際、最初にアサギが感じたのは、器具の冷たさだった。

「ううっ……んっ……」

女の部分とその後方が、深々と玩具に犯された。前方の小さな感じやすい部分にも、器具はピタリと接している。

「じゃあ、スイッチを入れるね」

「ああっ！」

アサギは上体をのけぞらせた。さんざん焦らされ飢えきっていた部分は、玩具の振動を激しい快感へと昇華させる。

慈雨のような刺激に抗《あらが》うことはできない。アサギは声をあげ、ストッキングに包まれた爪先をキュッと丸める。

まだまだ幼さの残るハルヒコに乱されている自分が悔しい。彼にこの姿を観察されているのがいまいましく、なのにその恥辱感は彼女自身を興奮させるのだった。

いきなり室内が明るくなった。ハルヒコが照明のスイッチを入れたのだ。

「や、やめて！」

快感にあえぎながらも、泣き声に近い声でアサギは懇願した。

「外から見えてしまうわ！　明かりを消して！　でなければ、カーテンを閉めて。お願

「見えてもいいよ。お姉さんのきれいな姿、まわりのビルの人たちにも見せてあげようよ。ほら、あそこの窓、人が立ってるよ。お姉さんを見てるのかな？」

「いやよ！　いやっ！」

「お姉さんは声も素敵だからね、ちゃんと皆さんに聞かせてあげよう」

ハルヒコは窓を開けた。

アサギは声を封じようと唇を噛んだが、それでも悩ましいうめきは唇の間から洩れてゆく。

「うっ……ん……」

声をあげられない苦しさに涙がこぼれ、頬を伝う。

「だめだよ。そんなに強く唇を噛んでは、傷ついてしまうよ。……しょうがないなぁ」

いきなり鼻をつままれた。息苦しさに口を開けたところ、布を押し込まれた。それはさきほど奪われたショーツだった。

さらに念入りなことに、ハルヒコはアサギのシャツの裾を細く裂くと、それで彼女に猿《さる》轡《ぐつわ》を嚙ませたのだった。

「くぅ……んっ……」

快感は小さなうめきとなって、なおも洩れる。

もし、この姿を、ほかのビルやマンションの人々に見られていたら……。想像しただけで、気が遠くなる。

そんな彼女に、ハルヒコは笑いを含んだ声で問う。

「どうしてお姉さんは、いじめられて興奮するの？」

わからない。そう伝えるために、アサギは首を横に振った。

しかし、ハルヒコは無邪気を装って、さらに訊く。

「恥ずかしいのがうれしいって、どういうこと？」

わからない。なぜ、自分にとっては屈辱的な扱いが快感に変化するのだろう？

一体なぜ……？

乱れる思考の中で必死に答えを探しているうちに、次第に気が遠くなってきた。感じやすい部分と、そこをかきまぜる玩具の境目まであやふやになってくる。

いつしかアサギは目をきつく閉じてのけぞり、自由を奪われた全身を痙攣《けいれん》させるだけになっていた。

しかしなお、脳裏にはあるひとつの思いがあり、そこだけは冴え冴えとしていた。

この経験はそのまま、共感ボックスによって美園の知るところとなる。自分がいかに興奮し、いかに浅ましく快楽をむさぼったか、すべて彼女に伝わってしまうのだ。

それをハルヒコは知らない。その事実がまた、美園を喜ばせる。

自分は美園とハルヒコのおもちゃであり、さらにハルヒコも美園を満足させるためのおもちゃなのだ。しかも、ハルヒコを美園に提供したのは、自分だ。

ふいに狂おしい思いに支配され、アサギは悲鳴をあげた。が、それは猿轡に封じられ、哀しげなうめきにしかならなかった。

＊

共感ボックスは、ハルヒコと過ごした時間を再生し終えた。

軽いめまいと悔恨と共に、アサギは現実に引き戻された。

まぶたを開いたとたん、美園と目が合った。

美園の目にはあからさまな蔑《さげす》みの光があった。

思わずアサギはうつむいた。

「どうしてお姉さんは、いじめられて興奮するの？」

コードを頭から抜きながら、美園はハルヒコの口調をまねた。アサギの頬は屈辱に紅潮する。

美園がハルヒコとアサギの関係に興奮を示し、窃視《せっし》という行為にのめり込むのであれば、まだアサギも救われたのだ。が、残酷な美園は常に、欲情に乱れるアサギの姿を嘲笑うためだけに共感ボックスを使用し、アサギの自尊心をズタズタに引き裂くのだった。

アサギはのろのろと自分のコードを抜いた。

「おまえ、あのたぐいのプレイでは本当によく乱れるわよね。恥ずかしさを快感に変えるのは、おまえの才能ね。あたしもおまえの快感をそのまま受けとめたせいで、濡れてしまったわ」

自分の体の反応さえも、美園にとってはアサギをいたぶる口実になるのだ。

彼女がアサギを苛《さいな》むようになってから、すでに十年もの時が経っている。

実は、美園が車椅子に頼らねばならなくなったのには、アサギに責任があったのだ。

かつてアサギは美園の家の別荘の管理人の娘だった。十年前、家族と共に別荘に滞在していた美園を、アサギは遊びに誘い出した。

田舎娘のアサギは、美園と仲よしになりたいという素直な思いの一方で、気取り屋の美園の鼻をへし折ってやろうとたくらんでもいた。

そして、岩の上から滝壺に飛び込むという、地元の子供たちの間で行われていた肝試しを、アサギは美園に勧めたのだ。

躊躇《ちゅうちょ》した美園に、アサギは言った。美園ちゃんって、もしかしたら単なるいくじなし？　負けず嫌いな美園はアサギに侮辱されるのが我慢できず、滝壺に飛び込み、重傷を負ったのだった。

事故は、その後の二人の関係を形成した。

十二歳のときには、美園はアサギに目の前で自慰行為をさせたあと、象徴的な台詞を口にしている。

「あれはおまえの罪。そして、これは罰」

罰は何度も繰り返され、現在に至る。

アサギは健康な肉体が味わう性的な興奮を美園に披露し、彼女を楽しませ、満足させなければならない。美園が「気が済んだ」と宣言する日まで、アサギは罪を贖《あがな》ったことにはならないのだ。それは、二人の間での無言の取り決めだった。

「あのハルヒコって子、ずるくてかわいいわよね。『恥ずかしいのがうれしいって、どういうこと？』ですって。今度はそれを、あの子の体に教えてあげなさいよ」

思わずアサギは美園を見た。彼女の指示を聞き逃すまいと。

だが、美園はそれ以上の説明は加えなかった。

「さあ、もうお行きなさい。あたしを楽しませるために」

＊

鋭い光をたたえた目と少女のように紅《あか》い唇が印象的で、どこか傷ついた風情を漂わせる中性的な美少年。

きっと美園もこの子を気に入るだろう。そう思い、アサギは半年前、街でハルヒコに声をかけたのだ。

彼にセックスを教えたのは、アサギだった。最初は戸惑いを見せていたハルヒコも、慣れるにつれて、次第に秘められていた欲望をあらわにするようになっていった。

今では会うたびに彼は、アサギをロープや器具で拘束し、一方的に快楽を与えて、彼女が乱れる様を楽しむ。アサギもまた、それを受け入れていた。

しかし、今日は趣向を変えなくてはならない。美園はそれを望んでいるのだ。

夕方、ハルヒコはいつものようにアサギの部屋を訪れた。

柄にもなく情熱的な歓迎を演じ、アサギはハルヒコを抱きしめた。そして、隠し持っていた手錠を素早く彼にかけたのだった。

後ろ手に拘束されたハルヒコは、一瞬、驚きの表情を見せたが、すぐにそれを覆い隠すように薄笑いを浮かべた。

「なんの冗談？　一体なにがしたいの？」

アサギの中に嗜虐的な欲望があることを否定したいのだ。そんな彼の態度から幼い恐れを読み取ったアサギは、鼓動が高鳴るのを感じた。

アサギがテーブルの上にあった鋏を手にし、ハルヒコのシャツをつかんだとき、初めて彼の表情に恐怖の色が浮かんだ。

「逆らわないで。怪我するわよ」

威圧するような口調で言いながら脚をからめ、床に押し倒した。

「あ、危ないよ！」

ハルヒコが叫んだ。少々声が震えている。

喜ばしい兆候だ。恐怖は人を従順にさせる。

アサギは鋏で彼の衣服を裁ちはじめた。

「やめてよ！　服がないと帰れないよ！」

「大丈夫。わたしの服を貸してあげる。あなた、女装してごらんなさいよ」

「いやだ！」

「なら、帰さない。あなたはずっと、わたしに飼われるの。裸の動物として」

アサギの指がハルヒコの顎《あご》をとらえる。

ハルヒコは目を大きく見開いてアサギを見返した。瞳には恐怖と驚愕の色がある。

「いい子にしていれば、かわいがってあげる。でも、悪い子はどうしてやろうかしら……」

「……？」

ハルヒコの顔が引きゆがんだ。絶大な力を持つ大人に恐怖する子供の表情だった。

衣服がズタズタになったところで鋏を置き、服の断片を一枚一枚はがしてゆくと、なめらかな肌の少年の裸身が現われた。

一糸まとわぬ姿にされたハルヒコは、おびえた小動物のようにかすかに震えている。

思わずアサギは笑みを浮かべた。そこにいるのは、さんざんアサギを翻弄した小悪魔ではなく、いかにも非力に見える少年だったのだ。

ただし、彼の男の部分はしっかりと興奮を示している。アサギは声を立てて笑った。

「あら、いやだ。手錠をかけられて裸に剝《む》かれて勃っちゃうなんて、あぶない子ね」

もはやその部分は猛々しさの象徴ではなく、羞恥のしるしだった。

ハルヒコのために買っておいた革の猿轡を彼に嚙ませたとき、アサギは奇妙な安堵《あんど》を感じた。これで反抗的な言葉を耳にすることなく、彼を存分に苛むことができるのだ。

「それ、とっても似合っているわ。痛々しくて、素敵」

優しくからかうように言ってから、アサギはハルヒコの股間《こかん》のものをつかみ、グイと引きながら命じた。

「うつぶせになりなさい。膝を立てて。お尻を突き出して」

ハルヒコは従った。しかし、手錠のせいで四つん這いになることができず、胸と肩で懸命に上体を支えている。

「いい格好よ。お尻の穴まで丸見え」

アサギはワードローブの小さな抽斗《ひきだし》から浣腸器を取り出した。

「動いちゃだめよ」

蕾《つぼみ》に似た部分にそれを突き立てたとき、ハルヒコはくぐもった悲鳴をあげた。逃れようとする彼を、股間の果実をつかんで無理やり引き止める。

蕾は液剤をすべて呑み込んだ。

「体の中まで、きれいにしてあげる」

アサギはハルヒコをバスルームに連行した。便座に座らせ、「いい子にしてるのよ」とだけ言い残し、外に出てドアを閉める。

アサギは自分の股間がしっとりと濡れていることに気づいた。自分がハルヒコの哀れな姿に欲情していたことを知り、思わず彼女は笑みを洩らした。

下着を替えると、読みかけの本を手に、近くのカフェに時間をつぶしにいく。

一時間後に戻り、バスルームのドアを開けたときには、ハルヒコはすがりつくような視線を彼女に向けた。それは、おのれの運命を他人にゆだねてしまった奴隷の目だった。

しかも、蒼ざめた頬には涙の跡があった。

彼を立たせ、便器の中をのぞいたアサギは、あからさまに嘲笑した。

「まあ。こんなものまでわたしに見せたりして、恥ずかしい坊やね。ほら、こっちにお尻を向けて。きれいにしてあげる」

屈辱に頬を染め、ハルヒコは従う。

紙できれいに拭き取ってやってから、アサギは彼をバスタブへと導いた。

「いい子にしていたごほうびに、きれいに洗ってあげるわね」

服を脱ぎ捨てると、彼と共にシャワーを浴びた。浴室にはたちまち湯気が充満する。

「わたしの奴隷はあなたのように美しい子でなくてはね」

言いながら、ハルヒコの体をボディブラシでこすってやる。彼はされるがままだ。

仕上げにボディソープを掌で充分に泡立ててから、彼を背後から抱き寄せた。そして、指を彼の尻の双丘の谷間へと滑らせる。

蕾をゆっくりと揉みほぐすように刺激すると、ハルヒコは身をこわばらせた。

そんな小さな反応が、今のアサギには愛おしくてたまらない。

泡をシャワーで流してから、ふたたびアサギは指を彼のアヌスに添えた。ヒクヒクとうごめいて戸惑いを見せるものを、ゆっくりと貫いてゆく。

「ううっ！」

ハルヒコはうめき、首を激しく横に振り、拒絶の意を示した。濡れた髪が頬に貼りつき、滴をしたたらせる。

彼の反応を無視し、指を動かし、内壁を刺激した。

片手は彼の体の前方を探る。少年の部分は、すでに充分な興奮を示していた。

全体を掌で包み、強くしごいてやる。

「くぅっ……ん……」

ハルヒコは猿轡の奥で切なげなうめき声を立てた。

先端の孔を探ると、なめらかな蜜がにじんでいるのがわかった。指で輪を作り、頭のほうからゆっくりと移動させ、窪んだ部分をひとしきりこすってから、ふたたび全体を包み、掌の中で揉む。時には指先で裏側を刺激し、あるいは、さらに強くしごいてやった。

同時に、蕾を犯している指を動かし、優しく刺激を与える。

ハルヒコの声はすすり泣きに近くなっていた。

彼はわたしのもの。感じやすい男の子の部分も、愛らしい蕾とその内側も、すべて……。独占欲なのか支配欲なのか、かつて味わうことのなかった思いが湧き出てくる。狂おしいほどの執着だ。

まるで、ハルヒコの肉体に自分の心が引き寄せられ、離れられなくなってしまったかのようだ。

サディストが相手に寄せる執着の激しさを、アサギは初めて知った。それは燃えるような恋情そのものだった。

そうだ。これは恋だ。

ふいに胸がいっぱいになった。このときアサギは、美園が自分に対していだいている気持ちにも気づいてしまったのだ。

憎しみの力だけでは、美園はここまでアサギに執着できなかったはずだ。そのことに、アサギは初めて思い当たったのだ。

「かわいい。なんてかわいい子。大好きよ」

これまで口にしたことのない優しく慈愛に満ちた言葉が、アサギの唇からささやきとなって洩れた。

「う……んっ……！」

ハルヒコは全身をこわばらせた。同時に、少年の部分が欲望を放った。

それまで張りつめていた彼のものが、たちまちおのれの手の中で柔らかくなってゆく。

その甘美な感触を、アサギは目を閉じて味わった。

この日、アサギはハルヒコに恋をした。そして同時に、自分の内に秘められていた美園に対する思慕の念にも気づいたのだった。

＊

靴が絨毯を踏みしめる。恋情を胸に、アサギは美園に向かって歩みを進める。

車椅子に収まる痩せた体は、今やアサギにとっては恋慕と欲望の対象だった。

アサギは美園の美しさに気づいたばかりだ。その新鮮な感動をひそかに楽しむ。

病的な痩身に宿る、青白い炎のような精神。それは、冷たいように見えて、触れるものすべてを焼き尽くすほどの力を秘めている。

大きな瞳には、しばしば暗い情熱と醒めた諦念とが交互に現われる。色白の頬は、なにより感情の昂《たかぶ》りを表わしやすい。時には紅潮し、時には蒼ざめる。

いつものように、アサギは流れるような動作で美園の前に膝をついた。

「どう？　おまえは、あたしの言いつけに従うことができて？」

「はい、お嬢様」

アサギの応《いら》えには、もはや哀しげな色はない。

美園もそのことに気づいたのだろう。彼女の声音にはたちまち笑みが含まれる。

「あたしを楽しませる自信があって？」

「はい、お嬢様」

頭《こうべ》を垂れたまま、アサギは微笑んだ。それは慈愛に満ちた笑みだった。

「顔を上げなさい」

アサギは従った。微笑みを隠すことなく。

彼女の笑みを、美園も共犯者めいた微笑で受けとめた。おそらく、いつかこうなることを、美園はとっくに予測していたのだろう。

「おまえは変わった……なぜかしら？」

「お嬢様を愛おしいと感じるようになってしまったからです」

アサギは静かに告白してから、美園の膝に頬を寄せた。

美園の指がアサギの髪に触れ、優しく撫でる。ただし、どこまでも美園は気高く堂々としていた。そのことに安堵し、アサギは目を閉じた。

「おまえはハルヒコをいたぶったのね」

「はい。そうすることによって自分が彼に惹かれてゆくことに気づいたのです。そして――」

先を続ける代わりに、アサギは美園の裸足の指先にキスをした。

誇り高い美園は、いつものようにアサギに命じた。

「おまえのいやらしい経験を、あたしにも分けてちょうだい。さあ、共感ボックスをセットして」

胸が期待に震えるのを懸命に抑えながら、アサギはこたえた。

「はい、お嬢様」

罪は贖《あがな》われたのだった。

あとがき

私が初めての短編集『西城秀樹のおかげです』を上梓したのが、二〇〇〇年。

その後は、雑誌や書き下ろしアンソロジーに発表した短編が、単行本に収録されないまま、たまりつづけていました。

あるとき、呑み友達でもあるK社の編集者Oさんに、私は言いました。

「単行本未収録の短編が、もう二千枚もたまってるんだ。どこかの出版社が、短編集を出してくれるといいんだけどねぇ」

もちろん、ぼやくように見せつつ、遠まわしに「あなたが担当編集者として、私の短編集の企画を編集会議にかけてくれないか」と申し出ているわけです。「どこかの出版社が」ではなく「おたくが」短編集を出してくれるといいんだけどねぇ、というのが本音なのです。

我ながら、つつましい。これぞ日本女性の美質。

こんなとき、優等生的な編集者なら、こう断わるでしょう。

「最近は、短編集の売れ行きが悪いんです。長編じゃないと売れないんですよ。たぶん、うちでは編集会議を通すことはできないと思います」

ここで「森さんの短編集じゃ、売れませんよ」などと言うのは、悪いお手本です。言わない約束です。

編集者Oさんのお返事は、よいお手本でも悪いお手本でもありませんでした。

「おっ。株式投資してますね」

なるほど、将来、単行本に収録されて臨時収入をもたらすかもしれない短編を株にたとえるとは、なかなか面白い。この男、できる。

と、感心してそれで終わらせてしまった私は、結局、Oさんに短編集を企画してもらえませんでした。

次に私は、やはり呑み友達と化しているE社の編集者Fさんに同じことを言いました。

「おたくが短編集を出してくれるといいんだけどねぇ」を遠まわしで。

すると、Fさんはニンマリと笑ってこたえたのです。

「おお、不良債権がたまってますねぇ」

なるほど。将来はそれらの作品が短編集に収録されることを作家が期待していれば、未収録作品の山は不良債権のようにも思えることでしょう。

うむ、この男、できる。

と、感心してそれで終わらせてしまった私は、結局、Fさんにも短編集を企画してもらえませんでした。

そして、以後は私も、編集者に短編集の話を振ることはやめ、各社からご依頼いただいた短編を黙々と仕上げることに専念しました。児童文学から官能小説まで、とにかく依頼が来れば断わらず、なんでも書きました。

そして、ついに昨年、「SFマガジン」編集長の塩澤快浩さんから、性愛SF短編集をとのお申し出をいただいたのです。

その時点で、未収録短編の原稿が何千枚になっていたかは定かではありませんが、まずはSFに分類できる作品を自分で選んで、原稿（申し訳ないほど大量にありました）を塩澤さんにお渡しし、収録作を決めていただいたのです。

結果的に「少女SF短編集」とでも呼ぶべき本になりました。数千枚の未収録短編からのセレクションゆえ、当然、作者自身が気に入っている作品もドカドカ入っています。

ちなみに、三ヵ月前に『姫百合たちの放課後』というレズビアン・コメディ短編集も上梓していますが、これが企画されたのは本書よりも後のことでした。

少女小説出身の作家だからというわけではなく、私は少女を描くのが好きです。

私自身は、十代の頃、少女だという自覚には著しく欠けていました。私の頭の中では、自分は少女でも少年でもなく、なんだかよくわからない不器用な生物でした。

今になって、私は少女を描くことで、自分の少女時代を取り戻そうとしているのかもしれません。

思えば、今、手にしているものに対する愛着より、失ってしまったものや手にできなかったものへの哀惜が強く、それに後ろ髪を引かれることが度々あります。けれども、今、手にしているものだって、いつかは失うのです。

また、小さな者や無力な者、儚《はかな》い存在が、私は苦手です。彼らをうっかり傷つけたり、ちょっとした過ちから失ってしまうのが、怖いのです。

そして、たとえれば、過去の自分が叩き割ってしまった陶器の破片を、今の自分が懸命にくっつけて元に戻そうとしている――そんなときがあります。

私にとって、おのれはひたすら愚鈍であり、この世界は切なすぎるのです。

だからこそ、私は小説を書くことを選び、世界を描こうとしてきたのでした。

なかば悪友と化している編集者に「株式投資してますね」だの「不良債権がたまってますね」だのと言われつつも（なお、ここは笑うところです。念のため）。

二〇〇四年三月　　森　奈津子

文庫版のためのあとがき

本書の親本が上梓された二〇〇四年、私はしみじみと感慨にふけりました。短編がやっと一冊にまとまったなぁ、と。

同じ年、光栄にも第二十五回日本SF大賞の候補となり、さらに私は感慨にふけりました。

そして今、こうして文庫版発売を迎えるにあたり、三度目の感慨にふけっている次第です。

短編作品は大抵、編集スケジュールがタイトな小説誌に掲載されるので、執筆中はひたすらヒヤヒヤしているものです。

「締切に間に合わなかったら、どうしよう」

「もし、締切に間に合ったとしても、すごい駄作になって、書き直すにも直せなくなってしまったら、どうしよう」

そんなことを考えつつ書いているので、脱稿した後も達成感より疲労感が大きいものです。

そしてまた、日々の仕事に追われ、つい先月書いた短編の内容さえ思い出せなくなってしまう。

この短編集に収録された作品も、親本発行から三年が経ち、ストーリーの詳細はほとんど忘れてしまっていました。

ところで、自分で考えたギャグは、たとえそれを忘れた頃に読んでも、あまりピンと来ないものです。頭では「おっ、なるほど。われながら、これは面白い」と思えても、笑えない。まあ、あまりのアホさ加減に乾いた笑いが洩れることはありますが。

しかし、切ない系の話はダメらしい。自分が生み出した作品であるにもかかわらず、内容がうろ覚えだと、いきなりグッときてしまう。それを、このたび、本書の校正のために最初から最後までゲラを読み通して、実感しました。

タイトルを挙げますと、「からくりアンモラル」「いなくなった猫の話」「ナルキッソスの娘」が、ダメでした。

どうも、自分の「切ないツボ」を、自分で突いていたらしい……。

そりゃ、そうですよね。「不治の病にかかったヒロインが恋人とうだうだイチャイチャ、やがて死んで、また、恋人がうだうだメソメソ」という切ない系ストーリーには、あざとさを感じてイライラしてしまう人間が、そんな話を書くわけがない。

コメディ作品ももちろん、自分が面白いと思えるものを創り出しているわけですが、やはり、ギャグというのは聞いた瞬間の驚きが大切なのであって、となると、自分で考えたギャグは当然、新鮮みに欠けるのですね。

あと、もうひとつ、本書の原稿を読み返して感じたこと。それは「いや〜、本当に私って、女の子という存在が好きなんだなぁ」でした。

実は、この世の小説や漫画やアニメや映画やテレビドラマには、私の嫌いな少女が掃いて捨てるほど出てきます。

弱くてバカで、自立していなくて、甘ったれで、すぐに涙を見せ、よい意味でのプライドに欠けていて、男に対する依存心が強く、危機的状況になるとすぐに悲鳴をあげ、怒るとヒステリーを起こし、たびたび第三者に偶然スカートの下のパンツを見られてしまう(自分の意志でパンツを見せるのなら、許してやるのだが)。

世間は本当にこんな女の子がいいと思っているのか？　私は違う！　私が好きな女の子は、こうだっ！

……と心で叫びつつ、年若いヒロインを執拗《しつよう》に書いていたようなのですが、実際に少女時代の私は決してこうではありませんでした。

私は、がさつで優雅さに欠けていて、性別を間違って生まれたと感じていた、変ちくりんな生物でした。

あるいは、同じ学校に通う女の子に恋をし、悶々としていた未成熟な人間でした。その点を、読者諸氏にも身近な例にたとえれば、男子中学生の過半数である「もてない童貞クン」でしょう。

私は、これらの作品を書いていたのは、自分の中にわずかに残る清らかな少女性であったと信じたい。けれど、実際には、私の中のもてない童貞クンがハァハァしながら書いていたのかもしれません。

……と、ここまで書いて、自分でも「いやーん」な気持ちになってしまいました。すみません。

二〇〇七年六月　森　奈津子

少女と独身者によって裸にされた花婿たち・さえも

漫画家
榎本ナリコ

はじめに、からくりアンモラル、文庫化おめでとうございます。僭越ながら、文庫版解説など書かせていただくことになりました。にもかかわらず、私はこのご本を読んだことがありませんでした（すみません）。それで一冊送って頂きました。最初に載っていたのが表題作でした。

そして、いきなり泣いてしまいました。元来涙もろいほうなのですが、どうも自分の心のなんらかの部分をひっかかれて、それで泣いたのだとわかりました。それから、ひといきに全部読みました。

この本に収められた作品群を一読して目立つのは、まずなんといっても少女たちです。彼女たちはかならず非常に美しく、ほっそりしていて、繊細で、透明感をもつように注意深く描写され、しばしば特権階級にあります。他者をおもいのままに操作し、全てに君臨する王女のようです。彼女たちは実際に幼く、またときとして年増です。「いなくなった猫の話」の場末のバーのママ・小夜も、「罪と罰、そして」の車椅子のお嬢様・美園も、年齢的にはもう少女ではありませんが、少女のための描写が彼女らのために用意されていて、すなわち少女に間違いありません。「繰り返される初夜の物語」の生体人形（人造人間）娼婦・フジノもまたそうでしょう。

しかし一定の年齢を超えると、ある種の代償を払わないと少女のままでいることは許されないようです――すなわち、小夜は怪しい医者に知らぬ間に子宮と卵巣を摘出されており、美園は少女の頃に負ったケガで下半身の自由を奪われています。つまり、彼女の下半身は、ないのです。

また一方で、未だ少女の年齢であるにもかかわらず、少女としての特権を奪われている少女もいます。「一卵性」の双子の姉・美花は、妹・美樹がもつような感応能力を持ちません。それゆえに、妹に秘密を握られ、暴かれ、いいように操作されるようになってしまいます。しかし妹と同じ感応能力を、彼女もかつては持っていたのです。だがそのちからは、彼女が異性を恋した瞬間に失われたのでした。

双方の事例には、森氏の描く少女帝国に入るための鍵が巧みに隠されています。すなわち、それは生殖に関わることから無縁であるという、いわば処女性のようなものです。

人造娼婦フジノは、夜ごと一夜限りの記憶を植え付けられてから男に買われます。その記憶とは、人間の乙女であるという記憶です。彼女は毎夜犯されますが、彼女の記憶は毎朝更新され、彼女はその都度新たに処女として生まれ変わり、一向に汚されないのです。

そしてよく見れば、森氏の世界では、少女でない女たちも実は生殖をしません。「愛玩少年」の桐子は、美しい成人女性ですがレズビアンであり、吸血鬼です。彼女にとって男性との性交は吸血の代償行為＝食事であって生殖ではありません。吸血鬼は人間の生き血を吸うことで仲間を増やすので、すなわち種族自体が生殖とは無縁です。「あたしを愛したあたしたち」にはタイムスリップによってさまざまな年齢の「あたし」が現れますが、十九歳の「あたし」より成長した姿は「七十四歳」であって、生殖に携わったであろう年齢がごっそりと抜けています。「ナルキッソスの娘」のカヤノの養母ニナが、意地悪な継母ではなく人間としてカヤノに認識されるのは七十歳近くになってから。しかも彼女が愛したカヤノの父はアンドロイドなのですから、彼女もまた生殖とは無縁だったのです。

つまり石女《うまずめ》であることにおいて、彼女らは子宮を切り取られた小夜と同じです。まるで、生殖にかかずらわないという誓いをたてて、この少女帝国に入場を許されているかのようです。そして実際、そうなのではないかと私は思います。

目を男達に向けてみれば、ことはいっそう顕著です。なぜなら、彼等はわかりやすく生殖の証、生殖の道具であるところの男性器を体外にぶら下げているからです。過分にエロティックで、性交を直截に描くことを厭《いと》わない森氏の世界のなかで、彼等のそれが、少女ないしは女性の体内（胎内）に埋められた回数をカウントしてみましょう。

「からくりアンモラル」の「男性」、ヨハネは生殖器をもたない銀色のロボットでした。「あたしを愛したあたしたち」は自分で自分を抱く少女らによって「男性」は排除されています。「愛玩少年」の麗男は何度も女達と結合しながら、その行為は吸血鬼たちによる食事であって性交ではありません。吸血鬼ではない人間の少女、タミと彼が結ばれたのは、彼の性器によってではなく彼女のディルドによってでした。「いなくなった猫の話」の影郎は、ヒトと猫の混血であって生殖能力をおそらくはもちません。そして彼の恋人ではなく母であろうとした小夜に拒絶されます。「繰り返される初夜の物語」のマサヤは、何度もフジノを抱きながら、毎夜消去されるフジノの記憶のなかで彼女をまだ犯していない男に戻され、生体人形であるフジノのなかで彼の精子はむなしく死ぬのでしょう。そして彼はフジノ以外の女を抱いたことがないのです。「一卵性」の宮下君は美樹と性交しますが、それは美樹の強制であってむしろ彼は犯されています。それればかりか、直後に、あたかも少女を犯した事実を払拭させられるかのように、別な男によって犯されるのです。「罪と罰」のハルヒコもそうです。「ナルキッソスの娘」のカヤノの父・ヒロシは、実は父親にはなりえない老いないアンドロイドでした。

ノーカウント。

森氏の世界のなかの男達は、つまり、去勢されているのです。完璧なほどに。すなわち、この世界のなかには、実は女も男もひとりもいません。さきにも言いましたが森氏は性交を描くのを厭いません。そればかりか、SM、同性愛、スカトロ、獣姦と、性愛はあらゆるかたちで描かれ、きちんとセクシャルであるにもかかわらず、その行為がどこか清々と純潔で、初々しく、愛らしく、すこしも汚れた感じがしないのはそのためなのではないでしょうか。それを演じているのは孕《はら》まない少女であり、処女であり、男人形であり、猫であり、およそ人間ではないもの、そして不能の少年なのですから。

そしてSFという方法は、この生殖という問題を鮮やかにあぶり出し、かつ抹殺するのです。森氏のSF世界にはたびたびアンドロイドや人造人間が登場します。彼等には生殖機能がありません。性差すらなく、女性性と男性性はメモリーや人工頭脳の移植で簡単に転倒します。処女性も同様です。女性の胎内からではなく、試験管や製造ラインから生まれ落ちる彼等は、あらかじめ生殖から自由であり、また隔絶されています。その彼等の、なんと魅惑的に描かれていることでしょう。

このようにして、去勢された男達に囲まれて、少女は快楽をだけ享受してけして犯されず、汚されず、傷つきません。彼女はこの帝国に君臨しています。だがしかし、彼女はなお、満ち足りていないように見えます。

「からくりアンモラル」の秋月は、初潮を迎えて学校のトイレで惨めに涙します。彼女は言います。「強く美しい子供でありたかった」と。しかし彼女の肉体はすでに性的なものに変化していて、まもなく彼女は性的な喜びを知るのです。「あたしを愛したあたしたち」の藍子もそうです。男性から性的に欲望されることを嫌悪する彼女はしかし、未来の自分自身に性的な喜びを教えられることで時を越える能力を獲得します。彼女は未来には飛ぶが、性愛を知らされるまえの子供の頃の自分のもとには飛ばない。まるで、後戻りすることを禁じられているように、性愛を知った瞬間の自分以前の自分を、自分自身からまもろうとするかのように。

森氏の少女は、二方向から遮断されています。彼女の意志により、生殖する女から遮断され、もう一方で、時間という越えられない障壁によって子供時代から隔てられています。彼女はもはや純粋無垢な子供ではない性的な存在であると同時に、生殖からは分断されているという、非常に曖昧で不安定で、両義的な存在です。まさに、子供と大人の間で立ちすくんでいる。彼女は性愛を受け入れ楽しんでいながらおそらく、この世でもっとも価値のあるものだとは考えていない。性愛で武装してそれを振りかざすのに、その武器から命を賭してもまもろうとしているものが彼女にはある。

「からくりアンモラル」のロボット・ヨハネによって与えられた性器への愛撫を、秋月は性愛と区別して、幼い自分の頭を撫でてくれた祖母の手に重ねます。「ナルキッソスの娘」のカヤノが、そしておそらくこの物語が大切にしていたのは、幼いカヤノがかわいがっていたぬいぐるみでした。性愛を知るまえ、少女ですらなかったころの自分に属するものを、この少女たちはたいせつにおもっていて、ほんとうは少女になる以前に戻りたいと願っているのではないでしょうか。けれど、それは子供時代を不可侵の絶対と信じる少女の意志によって、自ら、あらかじめ禁じられていて、しかしそこから遠ざからないために、大人の女と自分を遮る障壁を築き、自らをその内部に囲っているのではないか……そんな気がしてならないのです。

いま私は、この本に出会えたことを、非常にうれしく思っています。森氏の帝国に、もっと、また何度でも、密かに訪問させて頂きたい……そう願ってやみません。そして、この少女たちを、私はとても好きだと思いました。愛しいと思いました。彼女の心で泣きました。なぜならば、それはかつて、十五で死ぬと決意していた、十五以前の私自身の似姿だったからです。少々不気味な話ではありますが。

まるで、生き別れの姉に出会ったかのようでありました。

むろんそんな姉など、いないのですが。

（終）

初出一覧

「からくりアンモラル」〈小説すばる〉２００２年10月号
「あたしを愛したあたしたち」〈小説ＮＯＮ〉２００１年４月号
「愛玩少年」〈小説ＮＯＮ〉２００１年12月号
「いなくなった猫の話」〈ＳＦオンライン〉１９９９年10月25日号
「繰り返される初夜の物語」〈小説宝石〉２００６年７月号
「一卵性」〈ホラーウェイヴ〉02号
「レプリカント色ざんげ」〈ＳＦマガジン〉２００２年２月号
「ナルキッソスの娘」〈小説すばる〉２００３年２月号
「罪と罰、そして」〈問題小説〉２００２年６月号

本書は、二〇〇四年四月に早川書房より単行本として刊行された作品に、新たに一篇を加えて文庫化したものです。

著者略歴　1966年東京都生，作家
著書『西城秀樹のおかげです』『耽美なわしら１、２』『姫百合たちの放課後』（以上早川書房刊）『電脳娼婦』『ゲイシャ笑奴』『倉庫の中の美しき虜囚』『シロツメクサ、アカツメクサ』『踊るギムナジウム』他多数

HM=Hayakawa Mystery
SF=Science Fiction
JA=Japanese Author
NV=Novel
NF=Nonfiction
FT=Fantasy

からくりアンモラル

〈JA896〉

二〇〇七年七月二十五日　発行
二〇一三年九月　十五日　二刷

（定価はカバーに表示してあります）

著　者　森《もり》奈《な》津《つ》子《こ》
発行者　早川　浩
印刷者　大柴正明
発行所　株式会社　早川書房

郵便番号　一〇一‐〇〇四六
東京都千代田区神田多町二ノ二
電話　〇三‐三二五二‐三一一一（大代表）
振替　〇〇一六〇‐三‐四七七九九
http://www.hayakawa-online.co.jp

乱丁・落丁本は小社制作部宛お送り下さい。
送料小社負担にてお取りかえいたします。

印刷・株式会社亨有堂印刷所　製本・株式会社川島製本所

ISBN978-4-15-030896-4 C0193

本書は活字が大きく読みやすい〈トールサイズ〉です。